大崎 梢　篠田真由美　柴田よしき
永嶋恵美　新津きよみ　福田和代
松村比呂美　光原百合　矢崎存美

アンソロジー 初恋

実業之日本社

実業之日本社文庫

アンソロジー

初恋

目次

レモネード

大崎 梢

大崎 梢（おおさき・こずえ）
東京都生まれ。2006年『配達あかずきん』でデビュー。著書に『夏のくじら』『スノーフレーク』『キミは知らない』『プリティが多すぎる』『クローバー・レイン』『空色の小鳥』『ドアを開けたら』『本バスめぐりん。』『彼方のゴールド』などがある。

駅ビルにある洋菓子店で、迷った末にロールケーキを選んだ。ひとりにひとつずつ買うよりも割安で持ち運びしやすい。フルーツがたっぷり入っているのでいろんな味も楽しめる。四時過ぎには帰れそうなので夕飯前に食べてしまおう。

カードで支払って包装を待っていると、一足先に買い物をすませた女性が、紙袋を手にこちらを向いた。つられて視線を動かし、見覚えのある顔だと気づく。

「リサちゃん？」

浮かんだ名前をつぶやくと、相手の表情が変わった。

「誰かと思ったら亜弥《あや》ちゃん。わあ、久しぶり」

中学校時代の同級生、河合《かわい》リサだ。卒業してかれこれ二十年になる。お互いに今は三十代の半ば。

三月の初旬とあって肌寒い日もあるが、今日は南風が吹いて春の訪れを感じさせる陽気だった。リサはミントグリーンのニットに細身のパンツをあわせ、ベージュのスプリングコートを羽織っている。メリハリのある明るい顔立ちに、ボブカットの髪がよく似合っていた。

「このあたりに住んでるの？」

尋ねられてうなずく。生まれ育った地元の、となりの市になる。ロールケーキの入った紙袋を受け取り、他の買い物客のじゃまにならないよう、私たちは後ろの壁際に下がった。

「リサちゃんはホテルに就職したって聞いたけど」

「そうなの。今日は用事があってこの上のギャラリーまで来たんだ。キルトの作品展に知り合いが参加してて」

「これから？」

「ううん。見終わって下りてきたとこ」

学生時代に留学経験もある彼女は語学が堪能《たんのう》で、それを活かすべく某有名ホテルに入ったと、リサとも付き合いのある友だちが話していた。充実ぶりは生き生きとした表情からもうかがい知れる。眩《まぶ》しくて、少し気後れする。思えばこの感覚も懐かしい。二十年前は、少しどころか大いに臆したものだ。

ほのかな感慨に浸っていると、彼女の視線が私の背後に注がれていた。そこには小学生になる息子が立っている。ロールケーキは留守番している夫と娘へのお土産だ。愛想のかけらもなくもじもじしている息子の心境は、手に取るようにわかる。「こんなところでお母さんの知り合いに会うなんて」「長話はやめてよ」「荷物が重いんだから」だろう。実家に伯母が来ているというので出かけ、お手製のジャムや梅干しをもらってきた。

「お子さん、いくつ？」

「九歳。小学三年生よ」

リサは目を細めて「そっか」とつぶやく。あと六年経つと、息子も十五歳になる。あの頃の私たちと同じ年だ。今日のようにばったり出会った東京駅のホーム。そこから同じ電車に乗り、降車駅までの四十分間、シートに腰かけてしゃべった日のことを、リサは覚えているだろうか。

ほんのわずかでも彼女の記憶に残っていたら、息子よ、心配しなくていい。決して長話にはならないだろう。

＊

二十年前の三月、私は山本西中学校、三年五組の窓際から数えて三列目、前から四番目の席に座っていた。そして通路を隔てて左隣に座る、島村有樹《しまむらゆうき》くんのことばかり考えていた。

私立高校も公立高校も受験や合格発表がすみ、私の進路は中の上くらいの県立高校に決まっていた。成績優秀だった島村くんはトップクラスの県立高校にすすむ。つまり、三月十日に行われる卒業式のあとは離ればなれになってしまう。

この頃、仲のいい友だちと顔を合わせるたびに、恋愛ネタのあれこれで話題は尽きなかった。両想いの子は高校になってからも仲が続くだろうかと不安がり、片想いの子は告白すべきかどうかで迷う。それぞれが仕入れてきた情報に、焦ったり驚いたり笑ったり喜んだりと忙しい。

成績優秀な上にサッカー部の副キャプテンとしても活躍し、見た目も十人並み以上に優れていた島村くんは、当然のようにライバルも多かった。告白しては叶《かな》わずに涙を飲む同級生、下級生、先輩を、私は複数知っていた。もしかしたらなんとかなるかもという甘い夢は、意識し始めた二年生の体育祭からずっと見る余地さえない。

三年の組替えで初めて同じクラスになり、二学期の半ばの席替えで近くに座れたときは、生まれて初めて神さまの存在を意識した。そうなりたいと日々祈っていたから。もちろんお礼を唱えるだけでなく、感じのいい隣人になりたいと、万全の気配りを心がけた。

消しゴムなどの忘れ物を貸してあげたり、急な雨を指差して教えたり、咳《せ》き込んだときに「大丈夫？」と声をかけたりするのを、けっして勇み足にならないよう、関心の強さを悟られないよう、細心の注意を払ってさりげなく行った。爽やかな挨拶も欠かさない。

その甲斐《かい》あってか、彼の素っ気ない態度は少しずつ変化した。「おはよう」に対してかすかにうなずくようになり、宿題の範囲を聞いたりすると教えてくれるようになった。私が落としたプリントも拾ってくれるようになり、渡すときに漢字のまちがいを指摘してくれたこともある。ポーカーフェイスを装いながら、椅子ごと舞い上がってしまうくらいに喜んだ。受験勉強は佳境を迎え現実の厳しさに直面していたが、それらが霞《かす》むほど私の毎日はお花畑状態だった。

やがて通路を挟み、ときどきは会話ができるようになり、十分すぎる幸福を味わえたのだけれども、人間とは欲深い生き物だ。高校生になってからも会いたい。私の気持ちを受け取ってほしい。寝ても覚めても思うようになった。

これがひどく難題であることはよく知っていた。ライバルが多いことも、私には出来すぎの人であることもそうだが、もうひとつ、決定的な理由がある。彼には好きな女の子がいたのだ。

三年三組の河合リサちゃん。私とは一年生のときだけ同じクラスだった。彼とは二年生のときだけ同じクラス。その二年生のときに、彼は彼女が好きになったらしい。あるとき、何人かで出かけたプラネタリウムの帰り道、彼女のとなりに並び、彼は水族館に誘ったそうだ。

リサはすぐには返事をしなかった。しばらくしてもう一度、今度は学校で、水族館でなくてもいい、ベルマーレ平塚《ひらつか》の練習試合に行かないかと島村くんは声をかけた。するとリサは、自分には好きな人がいる。だからふたりきりでどこかに行くことはできないと答えた。

これらの話は近くで聞いていた人もいたし、彼自身が友だちに話しているのではぼまちがいはない。島村くんはリサに振られた。けれど諦めたかといえばそうでもない。体育祭でも合唱祭でも、彼の視線の先にはリサがいるというのは有名な話だ。

さらに座席が近いよしみで、私自身が彼の本心に触れてしまった。ぼんやりした顔で席に座っていた島村くんの肘がペンケースに当たり、落ちそうになったので、私は手を伸ばしてそれを押し戻した。彼は気づいてこう言った。

「ありがと、河合——」

思わず口をついて出たのだろう。彼は目に見えて焦り、顔色を変えた。私はとっさに笑いかけた。

「リサちゃんでなくてごめん」

「いや、その、おれ」

「ぜんぜん気にしなくていいよ。あのね」

ここでつい、一世一代の嘘《うそ》をついた。

「私にも好きな人がいるんだ。島村くんの知らない、通っている塾にいる人。だからわかる。つい、ぼんやり考えちゃうときってあるよね」

万全の気配りで、彼の気持ちを常に慮《おもんぱか》り、自分がいかに感じよく思われるかを第一に考えてきた癖が、出てしまったのだと思う。

賢い彼は怪訝《けげん》そうな顔になったものの、私の演技力はすでに磨きがかかっていた。なんでもないような顔をけろりと演じられる。彼の警戒心は徐々に薄れ、ふーん、そうなのかという雰囲気で信じてくれるようになった。一月半ばの出来事だ。

二月になると、「そっちの相手って他校生?」「高校は同じ?　それともちがうの?」と話しかけてくるようになり、私は不毛どころか、泥沼に浸かっていくような会話をとりとめもなく続けた。まずいとは思ったけれど、秘密を共有しているという甘やかさは何ものにも代えがたい。誰も知らない彼の心の内側に、入ることを許されたような気持ちにもなった。

　そのおかげで、「私が思っている相手って、ほんとうは島村くんのことだよ」と、いつかどこかで告白できるのではと、調子のいい夢を見ることさえできた。彼はリサを諦めてはおらず、「卒業前にもう一度ぶつかってみようかな」などと、胸の痛くなることを呟《つぶや》いたりするのだけれど、そんなときは決まって「諦めが悪いよな」「男らしくないな」と苦笑いを浮かべるので、なんてかわいいんだろうと私の諦めはさらに悪くなった。

　彼が再びのチャンスに賭ける気持ちはある意味、自然な流れだった。思いを寄せるリサには好きな相手がいたが、それがまた埒《らち》のあかない片想いだった。つまり彼女の恋も実っていない。

　そんな中、卒業式を間近に控えた日曜日、私は伯母に誘われ銀座まで出かけた。ランチをご馳走になり、卒業祝いにとワンピースを買ってもらった。

　東京駅でその伯母と別れ、東海道線のホームで電車を待つ列に並んでいると、すぐそばに人の立つ気配がした。顔を向けて驚く。リサだった。おばあちゃんちに出かけた帰りだと言う。

その頃の東海道線は東京駅始発だったので、ドアのそばの二人掛けのシートに並んで座った。リサとは中学一年のときだけ同じクラスで、そのあとなんの接点もない。仲のいい友だちもちがう。部活もちがう。もっと言ってしまえば、成績も運動神経もよく、黒目がちの瞳が印象的なかわいらしいリサは、クラスの垣根を越えて人気者だった。好意を寄せている男子は島村くんだけではなかっただろう。その島村くんも人気者のひとりだ。

それに引き換え私はまったくのその他大勢タイプで、ホームでリサに会ったときも、私のことを覚えているのかと意外に思ったくらい。逆だったら声はかけられなかっただろう。

でもリサはとても気さくに、もうすぐ卒業式だよねえと話しはじめる。

「リサちゃん、いろんな人から告白されるんじゃないの？」

ふたりきり、しかも学校外という気安さから、私はひやかすように言った。いろんな人の中には島村くんも入っているのかもしれないので、ほんとうは気安くない言葉だ。

リサは真剣な顔になって首を横に振った。

「そんなのはないだろうけど、問題は自分の告白の方よ」

「え？　リサちゃんがするの？」

「だってそうしなきゃ卒業して離ればなれだよ。もう会えなくなっちゃう。そんなのやだよ」

実に共感できることを言う。

「リサちゃんが好きなのって……中里《なかざと》くんだっけ」

「よく知ってるね」

「わりと有名だよ。まだ付き合ってるわけじゃないんだね」

「ぜんぜん。もしかしたらすでに振られているのかもしれない。私がそれとなく話しかけたり、帰り道に追いかけて少し並んで歩いたりするんだけど、ちっとも楽しそうじゃないし、交差点のところでじゃあねって帰っちゃうし」

思わず眉根を寄せた。こんな可愛い子に対してなんという態度だろう。

「バレンタインデーのチョコもね、いきなり渡すのはまずい気がして、前もって、あげたらもらってくれるって聞いたの。そしたらすごく困った顔になって。やっぱりねと、すごくへこんだ。結局あげるのはやめたわけよ」

ますます考えられない。何様のつもりだ。

リサの好きな相手と私は中学の三年間、同じクラスになったことはない。リサは二年、三年と同じクラスだ。二年生の頃からリサの好きな男子として噂《うわさ》になっていたので、私も好奇心にかられて見に行った。

期待を下回るふつうの男だった。ふつうよりも、冴えない部類かもしれない。色白でひょろりとしてて黒縁の眼鏡をかけて目は細くて糸のよう。情報通によれば、成績は悪くもなく良くもなく、運動神経はないに等しい。おとなしくて地味。目立たない。長所は料理がうまいことくらい。調理実習のときはジャガイモの皮むきもキャベツの千切りもさらりとこなし、炒め物の火加減も煮物の味付けも完璧だそうだ。両親が働いていて小さな兄妹がいるので、昔から家事を手伝っていたらしい。

おそらく悪い人ではないのだろうと、私も思った。勉強がたいしてできなくても、徒競走が鈍くさくても、気持ちは優しいのかもしれない。でもそれくらいで、リサほどの有名人が夢中になるのが解せない。島村くんを振ってでも、チョコレートをあげたがるとは。拒否されたのに、あらためての告白を考えてるとは。

私はストレートの質問をぶつけた。

「その男の子って、そんなにいいの？　リサちゃんが一生懸命になる気持ち、わからなくて。だってふつうの子だよね」

「ちがうよ。私には特別なの」

「料理は上手って聞いたけど」

「手際がよくて、他の人がしない鍋洗いもきちんとやって、出来上がった料理を私がおいしいと言ったらにっこり笑うのよ。変に得意がったりもしないし、うじうじもしない。そういうのがいろんなことに通じている。グループ学習の進め方にも、遠足の栞《しおり》作りにも、掃除当番にも、合唱コンクールの準備にも。まわりのことをすごくよく見てて、馴染めていない人に話しかけ、目立ちたがり屋をフォローして、バラバラの意見をまとめ、なんとなくのいい雰囲気を作ってくれる。身の回りはいつもきちんと整理整頓されてる。私、そういう人に憧れてるんだ。自分にないものだからかな。私はいい加減でがさつだから」

なんという目の付け所だろう。私にはまったくない発想だ。

「勉強やスポーツが今イチでも気にならない？」

「そうね。スポーツはさておき、頭はいいと思うよ。学校の勉強以外で賢いって、かっこいい」

話しながら相手を思い出したのか、リサは目尻を下げ頬を緩めなんとも締まらない顔になる。本心からその男を好きであることが端々から伝わる。

「リサちゃんみたいにかわいらしい子にそこまで思われたらすごいよ。私が男だったら、嬉《うれ》しくて踊っちゃう」

「なぐさめてくれてるの？　ありがと」

私でなくとも、男女を問わずほとんどの人がリサの好意を喜ぶにちがいない。その人の良いところをしっかり見た上で、寄せてくる素直な気持ちなのだ。どうしてわずかであろう例外をリサは好きになったのか。

「あーあ。ほんとにね、中里くんってどんな子ならいいんだろ。おとなしくて物静かな子かな。大口開けて笑ったり、授業中によだれ垂らして居眠りしたり、ドッチボールでついつい張り切りすぎるようなのは、いやなのかな」

そういうリサが、島村くんはたまらなく好きなのだと思う。

「でも一縷《いちる》の望みを託すって言葉があるじゃない。たぶん無理だろうけど、卒業前になんとか気持ちをぶつけようって決めているの。亜弥ちゃん、どう思う？」

「凛々《りり》しいね、リサちゃん。勇気ある」

「ないよ、ぜんぜん。応援してくれる？」

「うん。頑張って」

リサはようやく晴れやかな顔になった。スイートピーの花束を思わせるような明るく可憐《かれん》な笑みが、車窓から見える三月の空によく似合う。電車は横浜を過ぎていた。降車駅が迫ってくる。私の口からぽろりとこぼれた。

「島村くんっているじゃない。うちのクラスの」

「いるねえ。知ってるよ」

「リサちゃんのこと、今でも好きだよ」

恋愛について語り合う親密さに浸り、自分も何か言いたくなったのだと思う。

「それきっとちがうよ。まわりの考えすぎ。島村くんは今、同じクラスの女の子と仲がいいんだってね。いつも楽しそうにしゃべってるって聞いたよ、亜弥ちゃん」

脇腹を小さく小突かれる。まるであなたのことだと言われているみたいだ。

「待って。それ私じゃないよね。私なら、席が近いってだけだから」

「どんなに席が近くても、楽しそうにしゃべるなんて今までなかったんだよ。私のまわりはみんな騒いでる。ついにあの男にも彼女ができたって」

リサはいたずらっ子のように、白い歯をのぞかせて笑った。

いろいろ根本的にちがう。彼の心にいるのはリサであり、リサのことを考えて嬉しそうにしているのだ。でも私は、島村くんと仲がいい、彼女、という言葉に、胸がいっぱいになった。あまりにも心地よくて、とろけてしまう。手放したくない。

電車はごとごとと走る。降車駅の名前が車内アナウンスで告げられた。

リサと電車に揺られて二日後のことだ。中学生最後の音楽の授業があり、それを音楽室で受けた帰り、私はたまたま島村くんとしゃべりながら歩いた。先生のかけてくれた長渕剛の「乾杯」について、親の歌うカラオケで聴いたことがあるとかないとか、たわいもない話題だった。

その日最後の授業でもあったので、三年生の教室が並んだ廊下まで来ると、鞄《かばん》を持って帰る人、友だちと立ち話してる人、誰かを呼びに行く人など、行ったり来たりでざわついていた。

並んで歩くことはできず、私は島村くんの後ろにつき、縦になって廊下を進んだ。四組の教室を過ぎて、五組の教室まであと少しというところで、背後から駆《か》けてくる人の気配がした。

足を止めて振り返ると、三組のリサだ。飛びつくような勢いで、私のもとまでやってくる。

「どうしたの」

「よかった、会えて。亜弥ちゃんに報告したかったの。ほら、中里くんへの告白」

私は背後にいるであろう島村くんのことを気にした。先に行ってしまったならいい。でも立ち止まって、リサの話を聞いていたらどうしよう。リサは私しか見ていない。

「告白したらね、ぐずぐずした態度を取ってごめんと言ってくれたの。気持ちは嬉しいと言ってくれて、卒業してもまた会おうって、言ってくれたの！」

リサは私の腕を取っているだけでは飽き足らず、抱きついてきた。

「亜弥ちゃん、ありがとう。亜弥ちゃんのおかげだよ。私の背中を押してくれたでしょ。応援すると言ってくれたでしょ。あれで頑張れた。勇気が出た。引き続き頑張る。中里くんといっぱい会って、いっぱい話す。ほんとうにほんとうに、ありがとね」

リサの体がふわりと離れ、彼女は元気良く踵《きびす》を返す。つむじ風のように突然現れ、あっという間に去って行く。

あとに残され、全身に鳥肌が立つ。とてもじゃないけど振り返る勇気はない。背後から低い声が聞こえた。

「どうして」

それだけで十分だった。私は失敗した。

逃げ去りたかったけれど、何も知らない友だちが怪訝そうな顔をしてすれちがっていくので、その場を取り繕いたい一心で振り向いた。

冷たい目で睨《にら》みつけてくる彼がいた。

まって。ちがう。背中なんか押していない。そういう話の流れがあって、うなずいてしまっただけ。リサちゃんは誰かに頑張れと言ってほしくて、偶然そこに私がいただけ。一昨日の東海道線の中なの。たまたまばったり会って。私は、島村くんの方を心から応援――。

できうる限りの力を振り絞り、弁解しようとした。嫌われたくなかった。少しでも好かれたい。信用されたい。何事もなかったように、また笑い合いたい。

そのためならなんでもしようと思ったのだけれども。

私は、彼の恋を応援などしていなかった。リサの恋が実るのを望んでいた。そうすれば、彼は振られるから。もしかしたら、私の思いに気づき、振り向いてくれるかもしれないから。

甘い夢ではなく、私が見ていたのはずるい夢だった。

駅前からバスで十分ほど。バス停からは歩いてすぐのところに我が家は建っている。リフォームされた中古住宅だ。

駅チカのマンションの方が便利だが、夫は市役所勤めの公務員。私も近隣の病院で医療事務をしている。どちらも長距離の通勤ではないので、利便性よりも、森林公園がすぐそばという環境を選んだ。もちろんローンを組んでの購入だ。

＊

紙袋を提げて自宅に帰ると、留守番組はドールハウス作りに熱中していた。娘は四日前に熱を出し、今日の外出も控えたが、昨日からすっかり元気になっている。この分なら明日の学校は大丈夫だろう。

紅茶を入れてロールケーキを切り分ける。夕飯はポトフができているので、あとは鶏胸肉のサラダでも作ろうか。

イチゴだメロンだオレンジだと、にぎやかにケーキを食べ終える。子どもたちは二階に上がり息子の部屋で対戦ゲームをやるそうだ。娘の熱がぶり返さないよう、夕飯までと約束させる。カップや皿を洗っていると夫がやってきて、冷製の胸肉より唐揚げを作ってサラダに散らそうと言い出した。

「そうね。その方が私も食べたい」

ひと手間かかるが美味《おい》しそうだ。冷凍庫から鶏もも肉を取り出してレンジで解凍する。

夫が唐揚げ用の合わせ調味料を作り始める。その手を見ながら私は言った。

「今日ね、駅ビルでばったりリサちゃんに会ったよ」

おろし生姜《しょうが》をチューブからひねり出していた夫が「え？」と聞き返す。

「河合リサちゃん。覚えてるでしょ」

「へえ。元気だった？」

レンジがチンといったので、もも肉を取り出す。

「うん。駅ビルのキルト展を見に来たんだって」

「ふーん」

おろしニンニクもお酒も入れて、調味料が出来上がったらしい。中指につけて味見をして、夫はうんうんとうなずく。

「そういえば夕方、舟木《ふなき》さんが来て、青いインコが一匹、行方不明なんだって。血相変えてたから、見かけたら教えてあげてよ」

「またなの。この前は黄色だったよ。猫に襲われてないといいけど」

舟木さんは三軒先に住んでいて、インコやジュウシマツを飼っている。それはともかく、リサの話題があっという間に流れ去ろうとしているのに、私は待ったをかけた。

「インコよりもリサちゃんよ。『へえ』とか『ふーん』で終わらせないで。好きだった人のことでしょ」

菜箸を使い、調味料を肉に絡めていた夫が微妙な顔になる。

「そりゃまあ。そうなるのかな」

「なるよ。なるなる」

「もう何年が経つ？　すごく昔の話じゃないか」

二十年と答えれば、今さら何をとあきれられそう。でも久しぶりに会ったリサの表情や声、花が咲くような笑みを思い出すと聞かずにいられない。

「どうしてリサちゃんと別れたの。告白されて、付き合うことになったでしょ。うまく行ってるとばかり思ってた。続いたのは一年？　それとも半年？　何かあったの？　それとも、なくてもダメだったの？」

夫はホーローの鍋に揚げ油を入れる。揚がった鶏肉を置くための、キッチンペーパーの用意をしながら言う。

「あれは最初から、何が何だかわけがわからなかった。最初ってのは中二のとき。そのへんの男子が『いいよな』『だよな』って噂しているような人気者の女の子だよ。どうしておれに興味を持つわけ？　亜弥も知っての通り、中学生時代のおれは当社比にしても地味でイケてなかった。なのに、まるで気のあるような素振りをして、仲のいい女子にも好きとかなんとか言ってるらしい。からかっているのか。冗談なのか。疑いたくもなるだろ」

「リサちゃんは、あなたのいいところをちゃんと見てたよ」

「そういうのが考えられないんだ。おれだけじゃない。まわりのみんなも。なぜどうしてと騒ぎ、おまえを好きになるわけない、おかしいと、さんざんこき下ろされた」

　初めて聞く話だ。でも場面のひとつひとつがたやすく頭に浮かぶ。可愛い女の子からある日突然、猛烈に慕われるなど、まさに棚からぼた餅的幸運。やっかみは激しかっただろう。

「それで中学生の間はほとんど相手にしなかったの？」

「そのうち気が変わると思っていたから。似合いの男は他にいくらでもいるだろ」

　夫は遠い目になって換気扇をみつめた。

「島村とか」

真っ先に名前が出て、私の胸はきゅっと縮こまる。

「二年生のとき、島村くんとも同じクラスだったんだね」

「あいつも河合が好きだったんだよな。おれには何も言わなかったし、へんなまねもしなかった。プライドの問題だろう。でもあいつの取り巻きはうるさかった。河合の友だちの女の子も。おれみたいなのを良しとしているのが許せなくて、なんでこんなのをと、小突かれたり鞄を蹴られたりしたよ」

「まさか」

「ほんとだって。いい迷惑だと、言いたくもなるだろ」

それについてはうなずけない。言葉の綾《あや》だとしても、リサの好意に迷惑をくっつけてほしくない。

夫はコンロのスイッチを入れて油を温め始める。

「でも最後の最後、リサちゃんの告白を聞いて、付き合うことにしたんでしょ」

卒業式の数日前のことだ。

「まあね。さすがに、ふざけてるのでもからかってるのでも、一時的な気まぐれでもないとわかって気持ちが動いた。真面目にちゃんと考えてみようと思ったんだ」

「それで付き合うようになって、半年かそこいらだよね。何かあったの？」

　片栗粉をまぶされた鶏もも肉が鍋に投下される。たちまち黄金色の油が音を立て、肉は細かな気泡に包まれる。美味しそうな匂いがしてくるが、夫の表情は冴えなかった。

「気まぐれじゃないのはわかったけど、やっぱり根っこのところはわからなかったんだ。なんでおれかってとこ。こう言うと、ただの自意識過剰というか、いじけてるみたいだけど、まわりからさんざん悪く言われてたから。あの子がきらきらした目でおれのことを見たり、やたら嬉しそうに話しかけてくるのが、居心地悪くてたまらなかった。それを見破られまいと、かっこつけたり、楽しいふりを装ったりするんだけど、うまくいくわけない。たぶん、あの子はおれを過大評価して、おれは劣等感の塊だった」

　もも肉がきれいに揚がって、次々にキッチンペーパーの上に並べられる。

「それで高一の、十一月くらいかな。ギブアップした。しばらく会うのを止めようと言ったら、向こうもうまくいってないのがわかってたんだと思う。揉《も》めることもなく、それきりになった。もともと学校はちがっていたし」

　コンロの火が消され、静かになっていく油を見つめながら私たちは押し黙った。

ややあって、夫は短く息をつく。

「今振り返ってみれば、たしかに悪いことをした。もしかしたら、もっとふつうのクラスメイトとしてわいわいやって、高校とか大学とかでまた顔を合わせて、しゃべっているうちに共通の趣味に気づいたりして、話が合って、一緒にご飯を食べたりするようになっていたら、付き合いは続いていたのかもしれない」

私と夫はまさにそんな感じだ。同じ高校に入り、大学は別だったがサークル活動の延長線上で再会し、アウトドアクッキング好きという共通項から、一緒に山歩きに出かけるようになった。

ゆるやかに積み重ねていく関係性を、夫は好む人だったのだろう。リサはまっすぐ突き進む子だった。相手に嫌気が差したとか、失望したわけではないのなら、もっと他に距離の縮めようはあったのかもしれない。でもあの頃のリサにセーブはむずかしい。「好き」という大輪の花束を抱え、それを差し出す以外の道が選べなかったのだと思う。

冷蔵庫からレタスやトマトを出していると、二階から長男が下りてきた。喉が渇いたというので作り置きしてある冷茶をコップについだ。カウンターにもたれかかってそれを飲み干し、「そういえばさあ」と暢気《のんき》に言う。

「また春子《はるこ》おばさんに言われちゃった。お父さんによく似てる。会うたびに似てくるって。この眼鏡のせいだよ。やっぱ金属フレームにすればよかった」

丈夫でリーズナブルな黒縁眼鏡を指差して、不満そうに口を尖《とが》らせる。私の目から見ても長男は夫に似ていた。眼鏡をかける前からそうだったので、かけた今はまるで小型版だ。

駅ビルの片隅でリサもまた、この子を見てあっと思ったのではないか。一瞬だがそんな顔をした。私の結婚相手が誰なのかを、おそらく知っている。

サラダ作りを夫に任せ、私はキッチンから出てリビングを横切った。庭に面した窓辺に立ち、カーテンを少し開けて外を見る。

二十年前の三月、私と島村くんはひと言も口を利かないまま、別々の高校に進学した。大学も異なる。風の噂によればイギリスの大学院に進み、卒業後はスポーツに関わる国際機関で働いているらしい。今も海外暮らしだそうだ。

あれきり一度も会う機会はなく、彼の記憶の中に私はもう存在していないのかもしれない。でもいつかどこかでと、心の片隅で祈っている。あのときのことを謝りたい。幼稚な嘘を詫《わ》びたい。今ならば分別もある。節度もある。迷惑をかけたりしない。彼との間にできた溝や距離を埋めようとも思っていない。離れたままでかまわない。

この気持ちに嘘偽りはないのに、私は島村くんに相思相愛の相手がいることは考えたくない。想像しようとすると眉間に皺《しわ》が寄る。自分はすでに結婚して子どもが二人もいるのに、相手のそれは受け容《い》れられない。なぜだろう。未練があるのか。諦めが悪いのか。もっと言ってしまえば、私は再会した島村くんが優しく笑いかけてくるという都合のいい夢を、今でもあっさり見ることができるのだ。言葉の綾ではなく、じっさいに何度も眠っているときに夢見た。

リサの後ろ姿を思い出す。立ち話をあっさり切り上げ、息子のことには何も触れずに、「またね」と如才なくリサは微笑んだ。一度も歩をゆるめることなくフロアを横切り、ＪＲ駅へと続く出口に向かった。

彼女も夢を見るだろうか。現実とかけ離れた蜃気楼《しんきろう》のような幻。そこに登場するのが中里くんならば夫になるのだけれど、不思議とそんな気はしない。本物の生身の夫とは思えない。私の夢も似たようなものか。現実に生きる島村くんに、会いたがっているわけではないのかもしれない。

二十年という年月が私を変えたとも考えられるけれど、そもそも電車の中で語った互いの相手が、果たして本物の男の子たちだったのかどうかも自信がなくなる。私たちが見ていたのは誰だったのだろう。

窓辺に立ち星の瞬く夜空を見上げていると、並んでシートに座った女の子たちの、笑い声が聞こえてくるようだ。傷ついたりくじけたりをくり返しながら、身勝手な妄想を広げる力だけはなくさない。

その力はやがて、強い苦味をほのかな酸っぱさにまで薄めてしまう。とろりとした蜂蜜のような甘さを自在に操ってみせる。私の中の彼は私にだけ優しい。ありえない幻、偽物でかまわない。

それは日常の中で渇いた喉を潤す、一杯のレモネードになりうるのだから。

アルテリーベ

永嶋恵美

永嶋恵美（ながしま・えみ）
福岡県生まれ。2000年『せんーさく』でデビュー。2016年「ババ抜き」で第69回日本推理作家協会賞短編部門を受賞。著書に『転落』『なぜ猫は旅をするのか?』『一週間のしごと』『泥棒猫リターンズ』などがある。また、映島巡名義で、ゲームノベル、漫画原作なども執筆している。

ドイツ語のAlte Liebeには、四つの意味があると、先生は言った。

ひとつめは、昔の恋人。アルテは古い、リーベは恋人で、文字通りの意味で、最もよく使われる。

それから、用例はあまり多くはないけれども、古きを愛する人。懐古趣味にかぶれた人、という皮肉にも使われるらしい。

老いらくの恋。これも、まれに使われるという。やはり、多少の皮肉と嘲笑を含めつつ。

そして、四つめが、初恋。その人にとって、最も古い恋だから。

［昔の恋人］

教科書の文字がゆらゆらと揺れ始める。まずい。うっかり居眠りをしてしまわないように、倫子《みちこ》は頬の内側を噛《か》む。

こんなことなら、学食に立ち寄るんじゃなかった。静まりかえった教室で、お腹が鳴ったりしたら恥ずかしいと思ったのが仇《あだ》になった。せめて、うどん程度にしておけばよかったものを、つい日替わり定食を頼んでしまった。

「……では、やってみましょう」

よかった、発音練習だ。声を出していれば、眠気もいくらか薄らぐだろう。倫子は、先生の後に続けて声を出す。

「教科書には巻き舌とありますが、舌というよりも、喉の浅いところを震わせる感じ？　江戸っ子の巻き舌と、ドイツ語の巻き舌は、少し違うんです」

そう言われても、東京の生まれではない倫子には「江戸っ子の巻き舌」がわからない。

「そうですね、猫がごろごろ喉を鳴らすみたいに。猫の気持ちになって、もう一度、やってみましょう」

ずっと借家住まいだった倫子は、猫を飼ったこともなかった。それでも、江戸っ子よりは猫のほうがイメージしやすいかも、と思いながら、先生の後に続けてRの発音を繰り返す。

気がつけば、眠気は跡形もなく消えている。この先生は教えるのが上手だ。教室に睡魔が居着くタイミングを見計らって、発音練習を入れたり、余談を挟んだりしてくれる。

Alte Liebe の意味云々《うんぬん》も、授業の中盤、やはり眠気が差してきたころだった。

「アルテは古い、リーベは恋。または恋人。そのままですね。わかりやすくて、よく使われるけれど、何のひねりもない……」

眠気は消えたけれども、別の意味で授業に集中できなくなってしまった。不意に、昔のことを思い出してしまったのだ。

小学校の高学年から中学を卒業するまで倫子が住んでいた田舎町に、同じ名前の喫茶店があった。戦前からやっているのではないかと思うほど古い店には、やはり古くさい書体で「アルテリーベ」と書かれた看板が掛かっていた。

『アルテリーべって、昔の恋人っていう意味なんだって』

店の前を歩きながら、教えてくれたのは、亜希子《あきこ》だった。晴美が『アルテいしべ？　変な名前だよね。なんか、かっこ悪い』などと言ったからだ。確かに、妙にぐにゃぐにゃして傾いた字体の「リーべ」は「いしべ」に見えなくもなかった。

季節がいつだったのかは忘れてしまった。土曜の午後だったのは確かだ。三人で駅前を通るのは、市立図書館へ行くときだけだった。

倫子たち三人が、格段に本が好きだったわけではない。子供だけでバスに乗って出かけるのがうれしかった。これが図書館以外の目的地だったら、親たちは快く送り出してはくれなかっただろう。

前の週に借りた本を返して、借りる本を選び、帰りのバスの時間になるまで、中庭のベンチに座っておしゃべりをする。それだけのことが楽しくてたまらなかった。

学校がある日もない日も一緒だったから、いつも仲良しというわけではなかった。三人組にありがちな喧嘩《けんか》もした。

『私とアキちゃん、名前に季節が入ってる。みっちゃんは仲間外れ』

晴美《はるみ》がそんなことを言い出すと、倫子も負けずに言い返した。

『私とアキちゃん、名前に子がついてるもん。ハミちゃんはついてない』

他愛のない争いだったから、たいてい、小一時間もたたずに仲直りをした。もっと大人数のグループだったら、仲間外れは深刻な事態を引き起こしたのだろうけれども、倫子たちはたった三人だった。

それに、厳密には「仲間外れ」ではなかった気もする。単に、倫子と晴美が亜希子の取り合いをしていただけだ。正確には、亜希子の「腹心の友」というポジションの奪い合い、である。

だから、あのときも……と、倫子は思い出す。いつの間にか、ドイツ語の授業はどこかへ行ってしまって、脳内の時間が小学五年生のあの日へと逆行を始めている。

クラスの男子で誰が好きか、教えっこしない？　三人だけの秘密にしようよ、と言い出したのは、亜希子だった。

土曜日の昼下がり、市立図書館の中庭には三人だけだった。誰かが通りかかるとしても、知らない大人や他の学校の子供たち。話を盗み聞きされる心配はなかった。

『じゃあ、私が言い出したから、私から言うね』

そう言って、亜希子はクラスで一番、女子に人気がありそうな男子の名前を口にした。背が高くて、足が速くて、成績も悪くない。顔立ちも、整っているほうなんだろう。

なるほどと思った反面、がっかりした。誰もが好きになりそうな男子を好きになるというのは、平凡さの裏返しだ。腹心の友になりたくて、晴美と競い合っている倫子としては、そんな平凡な答えは聞きたくなかった。

亜希子の手を取るのは、おとぎ話に出てくるような王子様でなければならないのだ。倫子の目に映る亜希子は、光り輝くお姫様そのものだったから。

とはいえ、現実に、亜希子がクラスの男子の誰を好きだと言えば満足したのか、そこはわからなかった。

『あのね、私も同じ』

晴美がそう言ったのを聞いて、やられたと思った。その手があったか、と。先を越されて悔しかったが、『私も』と倫子も同じ名前を告げた。もちろん、嘘《うそ》だ。倫子自身は彼を好きでも何でもない。ただ、晴美に「抜けがけ」されたくなかっただけのこと。

『なあんだ。三人とも同じだったんだ？』

子供だった。恋愛感情の何たるかも知らない子供が口にする「好き」という言葉の軽さに、今となっては苦笑するしかない。

三人のうち、誰か一人でも本気だったとしたら、きっと気まずくなっていた。初恋の相手が三人とも同じ、という「設定」で、無邪気に盛り上がっていられたのは、誰一人として彼に恋愛感情を抱いていなかったからだろう。

或《あ》いは、友情という言葉ひとつで押し殺せてしまう程度の淡い淡い恋心だったか。もしかしたら、言い出しっぺの亜希子はそうだったかもしれない。本当は応援してほしかったのに、晴美と倫子が同じ名前を出したものだから、あわてて本心を隠してしまったのではないか？

いや、きっとそうだったんだ。私たちは亜希子に対して、取り返しのつかないことをしたんじゃないだろうか？

その後ろめたさも手伝ってか、倫子は幸せな恋に巡り会うことができなかった。初めて付き合った相手とも、その次の相手とも、そのまた次の相手とも、うまくいかずに別れてしまった。

好きだと言われて、自分も好きだと返したはずなのに、気がつけば嘘が入り込み、小さな嘘が次の嘘を呼んだ。やがて、何もかもが苦痛になった。その繰り返しが、倫子にとっての恋愛となってしまった。

だから、駅前のあの喫茶店がつぶれたときには、ほっとした。アルテリーベという文字を目にするたびに、苦く終わった交際が思い出された。昔の恋人たちは、一人として倫子を幸せにしてくれなかった……。

「森本《もりもと》さん」

名前を呼ばれて、我に返った。狼狽《ろうばい》を表に出さないようにして、倫子は「はい」と答える。

「十一ページの例文を読んでください」

大丈夫、上の空だったことには気づかれていない。嘘とお芝居は得意だ。

倫子は、ゆっくりと例文を読み上げる。

[古きを愛する人]

大学の公開講座の初日だった。「ドイツ語を学んだ経験がある人は？」と、若い講師が教室を見渡して尋ねたとき、少しばかり見栄を張って手を挙げてしまった。

全くの嘘というわけではない。大学一年のときの選択外国語がドイツ語だった。だが、前期も後期も試験で不可をつけられて単位が取れず、翌年、英語を選択し直して事なきを得た。外国語は、英語とドイツ語、フランス語からの選択だったのだから、見栄を張らずに最初から英語にしておくべきだった。

「それでは、簡単な自己紹介と、ドイツ語の履修歴をお願いします。ラジオの語学講座を聞いていたとか、短期の市民講座を受けたことがあるとか、そういったことを教えてください。もっとも、初級クラスですので、一度も学んだことがないが大半だとは思いますが」

教室の机は半分以上が埋まっている。受講生は二十人あまり、といったところか。

そんな小さな集団の中で格好つけてどうする、と思わなくもなかった。

だから、自分の番が来たら、正直に「学んだ経験があるといっても、教科書を開いてみただけ、というレベルなんです」と言おうと考えていた。ところが、いざ立ち上がって「原島悟《はらしまさとる》です」と名乗ると、そんな殊勝な考えは吹き飛んでしまった。

「ドイツ語は、学生時代に少々かじりましたが、かなり忘れてしまっていると思うので、一から学び直すつもりで初級クラスを選びました」

忘れたのではなく、全く身についていないというのが本当のところだ。

「ご自分では忘れたつもりでも、案外、覚えていたりするんですよ。思い出してくると、物足りなくなってくるかもしれませんが、どうぞ最後までお付き合いくださいね」

講師にそう言われると、悪い気はしなかった。受講料を前払いしている都合上、途中でやめるつもりはなかったが。

とはいえ、後期高齢者まで秒読みという年齢になってからの外国語学習は、大変だった。記憶力の衰えは如何《いかん》ともし難く、若いころなら一読して記憶できたであろう文章がなかなか覚えられない。

初日に大口を叩いてしまった身としては、できませんとわかりませんは言いたくなかった。毎回の授業に備えて、ルーペ片手に辞書を引き、こめかみを揉《も》みながら単語を書き取った。それが結構な負担で、いっそ、やめてしまおうかとさえ思った。投げ出さずに続けることができたのは、前払いした受講料がもったいないからだが、他にも理由がある。そのひとつは、行き先が都内でも名の通った大学だということだ。入学試験を受けたとしたら、万にひとつも合格の可能性はなかった。その大学に、大手を振って出入りできる。

通っているのは、社会人向けの公開講座でも、きちんと受講証が発行されるし、学食や図書館も利用可能である。

授業は夕方からだが、その日は午前中から図書館の机に陣取って、ドイツ語の予習をし、学生に混ざって学食で昼食を取った。それが妙に楽しい。暇を持て余して近所の図書館へ行き、読みもしない新聞を広げたまま居眠りをして、周囲に白い目で見られるような年寄り連中とは違うのだ。

それに、授業そのものも思った以上におもしろい。学生時代、語学の授業といえば退屈でつまらないものだった。休講の貼り紙が出れば、小躍りして喜んだものだ。それが今は、週に一度の授業を心待ちにしていた。

「……というわけで、ここからは余談なのですが」

この余談というやつも、若いころであれば、何の役にも立たない無駄話と聞き流していただろう。どうせ試験に出るわけでなし、と。

「ドイツ語のアルテリーベには、四つの意味があります」

学生時代に覚えた唯一のドイツ語の文章が「イッヒリーベディッヒ」、英語のアイラブユーである。アルテは形容詞アルトが変化したものだから……などと自力で考えてみたが、講師が答えを口にするほうが早かった。昔の恋人という意味らしい。

「それから、古きを愛する人という意味もあります。懐古趣味にかぶれた人、という使われ方もしますね。ちょっと意地の悪い使い方ですが」

古きを愛する人。いい言葉じゃないか、と思う。新しいというだけで飛びついたり、流行に振り回されたりするよりは、よっぽど知性を感じる。

実は、妻がその手合いだった。新発売と聞けば行列に並んででも手に入れようとする。新しい健康法だの、最新のダイエット法だのという謳《うた》い文句にも弱い。

結婚したばかりのころは、単に若いせいだと思っていた。一回りも年下ともなれば、子供っぽさが目に付くのは致し方ないことなのだろう、と。

だが、還暦を過ぎる今も、相変わらずテレビの通販番組で健康食品だの痩身器具だのを取り寄せている。年齢のせいではなく、もともと妻はそういう軽佻浮薄《けいちょうふはく》な性格の女であったのだ。

最近では、やれ断捨離だ、やれ終活だと言っては、家の中のものをゴミ扱いして廃棄する始末だった。どれもこれも、古くなってはいるが、まだまだ使える。

だいたい、新発売と聞くなり飛びついているから、物が溢《あふ》れかえり、不要品となってしまうのだ。捨てるくらいなら、最初から買わなければいい。古いものを大切に使うという、ただそれだけのことが、なぜ妻にはできないのか？

いつぞや、懇々と説いてやったのに、妻には馬耳東風というやつだったらしく、一向に改める気配がなかった。その結果が、断捨離と終活の名を借りた大量廃棄である。開いた口がふさがらない。

それからすると、ドイツ人は質実剛健な国民性と言われるだけのことはある。「古きを愛する人」という意味合いの言葉があるのだから、それを実践している人々が少なからず存在しているに違いない。結構なことだ。

それを「懐古趣味にかぶれた人」など、不届き千万な話である。妻のような手合いは、洋の東西を問わないのだろう……。

「それでは、今から五分間、会話の練習をしていただきます。ええと……先週は前後の方と組んだんでしたよね？　じゃあ、今日は左右の方と組んでください」

教科書の例文を音読するなど、実に半世紀ぶりで、最初はどうにも恥ずかしく、居心地の悪さを感じた。だが、「とてもドイツ語らしい発音ですね」「以前、勉強されていただけありますね」などと褒められるうちに、全く苦にならなくなった。

「よろしくお願いしますね」

隣に座っている女性が、にっこりと微笑んで頭を下げてくる。妻よりもいくらか年下だろうが、着るものや話し方はずっと落ち着いている。初心者らしく、生真面目にノートを取り、発音練習にも熱心なあたりが、まことに好ましい。

この講座だけなのか、市民講座というものは得てしてそういうものなのかは知らないが、初日に座った場所がその後の指定席になるらしい。まあ、社会人ともなれば、それぞれに事情がある。視力や聴力が衰えている者は前のほうに座りたいだろうし、仕事の都合で遅刻気味になる者は、目立たず着席できる後ろのドア付近以外の選択肢がなくなる。

いけ好かない野郎が隣に陣取ったら、席を変えたくなるかもしれないが、幸いにも隣は慎ましやかな女性だった。

「こちらこそ、よろしくお願いします、モリモトさん」

会話の練習では、互いの名前を呼び合うことも少なくないから、すぐに名前を覚えた。モリモトミチコ。ただし、どんな字を当てるのかはわからない。

モリモトは森本だろうが、ミチコのほうはどんな字を書くのだろう？　美智子だろうか？

「では、私から」

そのうちに訊《き》いてみようと思いつつ、原島は例文を読み始めた。

［老いらくの恋］

男って、なんて単純なんだろう。得意げにドイツ語を云々する夫に相づちを打ちながら、亜希子は内心で舌を出す。公開講座の受講を進めたのは、他ならぬ亜希子だった。

そこそこ名の通った会社に勤めていた夫は、五十代後半から子会社に出向となり、六十五歳以降は関連会社に再就職した。定年だからと家に居られては迷惑この上ないから、夫に勤労意欲があったことは幸いだった。

ところが、昨年になって、その関連会社が親会社の傘下から抜けた。社名は変更され、社屋も移転になった。都心の一等地から賃料の安い千葉へ、である。そうなると、世田谷《せたがや》の自宅からの通勤はほぼ不可能だ。

会社側は一応、単身赴任の可能性も示唆してくれたらしいが、「この年で単身赴任はきついから」と夫はあっさり退職してしまった。いつまでも会社にしがみついていると思われたくなかったのだろう。夫はとにかく見栄っ張りだった。

最初の勤務先が大きな会社で、企業年金が潤沢に支給されることも災いした。あくせくして働かなくても、もうリタイアしていいじゃないか、と言い出したときには、絶望的な気持ちになった。

亜希子としては、昨年、寝たきりだった舅《しゅうと》を送ったばかりである。口うるさかった姑《しゅうとめ》も十年前に他界している。これで、長かった介護からようやく解放されると思っていた。

次は夫の介護が待っているだろうが、それでもつかの間の自由を楽しみたい。何しろ、下の世話をしなくていい日々など、二十年ぶりである。姑が最初に倒れたとき、亜希子はまだ四十代だったのだ。

頭の固い夫を育てた両親は、やはりコチコチの石頭で、介護は嫁の仕事と決めつけている人々だった。家の中に他人が入ることを極端に嫌うばかりか、施設に入ることを恥と考えていた。夫は夫で、介護を手伝うどころか、自分の身の回りのことすらままならない始末である。

結婚した当時は、一回り年上である夫が頼もしかった。大きな会社に勤めて、給料をたっぷり持ち帰ってくれたから、親の言うままに見合いをしたのは大正解だったと思えた。同級生同士で恋愛結婚した友人が、毎月のやりくりに苦労しているのを見て、優越感に浸りさえした。

そんなふうに、いい気になっていたから、罰が当たったのかもしれない。十歳以上の年齢差は、単に夫のほうが早く年を取るというだけではなかった。夫の両親も早く年を取る。おまけに、彼らの頭の中身は、いつの時代かと呆れるくらい古くさいのだ。

子育てが一段落する間もなく、亜希子には介護の重圧がのしかかった。子供の手が離れたからと、友人たちが夫婦で旅行したり、若いころには行けなかったような店で外食をしたりするのを、亜希子は指をくわえて見ているしかなかった。

娘二人は、母親のようになりたくないという思いが強かったのか、どちらも未だ独身である。まあ、それも悪くはないかもしれない。孫の顔が見られないのは残念だが、娘に自分と同じ苦労はさせたくないと思った。

それでも、姑を見送ると負担は半分になった。残り半分の負担が消える日を、指折り数えて待ち続けて十年。思いの外、長くかかった。たとえ、つかの間であったとしても、いや、つかの間だからこそ、大切に過ごそう。そう思っていたのに。

夫が昨年末に退職すると、朝から晩まで顔をつき合わせる生活が始まった。介護のほうが楽だったとは言わない。だが、介護のほうがつらかったとも言いたくない。

ずっと家にいるのだから、多少なりとも自分のことは自分でするようになってほしいと思ったが、儚《はかな》い願いだった。食事は時間どおりに出てきて当たり前、風呂は沸いて当たり前、掃除が行き届いていないと文句を言う。病人がいなくなったのだから、家の中はピカピカになっていて当然、と考えているらしい。

その上、夫の話を聞き流すと不機嫌になる。妻は自分の話を有り難く拝聴して当たり前、と思っているのだ。若いころから「上から目線」で、家族に対して横柄な男だったが、年を取って、それがひどくなった気がする。

夫に再就職の意志はなく、かといって亜希子が出かけるのも嫌がった。いや、出かけていいと口では言うのだが、家事に差し支えない範囲という条件がつく。しかも、三度の食事の用意が必須だった。

シルバーボランティアの類は、「シルバー」の言葉が気にくわないのか、ただ働きが嫌なのか、端《はな》から却下である。仕事以外の人間関係は全く築いてこなかったため、友人もいない。つまり、誰かと遊びに出るということもない。本当に、朝から晩まで家に居座っているのだ。

年明けから三月末までの三カ月間は、控えめに言っても地獄だった。残りの人生がずっとこれだと思うと、首を吊りたくなった。

だから、大学の公開講座に通わせてみたらと勧められても、あまり期待していなかった。趣味らしい趣味もなく、習い事など女子供の暇つぶしと決めつけているような人である。

実際、最初はなかなか首を縦に振らなかった。一生に一度は海外旅行をしてみたい、連れていってほしいと「お願い」して、言葉が通じないのは不安だから通訳を務めてくれたらうれしい、などと下手に出て、一生懸命、おだて上げた。

いわゆる超難関と言われる大学の公開講座の案内を取り寄せてみると、夫は興味を示した。そして、英会話だけでなく、ドイツ語の講座もあると知って、ようやく夫は重い腰を上げた。申込期限ぎりぎりだった。

どうなることかと思ったが、夫は嬉々《きき》として通っている。有名大学でドイツ語を学ぶ、というのが、見栄っ張りの夫の気に入ったのだろう。亜希子には、全く価値を見いだせない行為だが。

授業の始まる時間に合わせて夕方から出かけたのは初日だけで、二回めは昼食後すぐに、三回め以降は午前中から家を出てくれるようになった。おかげで、毎週水曜日は亜希子にとって、またとない安息日である。

食卓での話題が授業のことばかりになってしまったが、もともと夫の話になど興味はなかった。上から目線の小言に比べれば、よくわからないドイツ語の話のほうがずっといい。

それに、たまにではあるが、面白い話も聞けるようになった。たとえば、ドイツ語のアルテリーベには複数の意味がある、という話だ。

「古きを愛する人ってのが、いかにもドイツ人らしいじゃないか」

そうね、と相づちを打つ。大学通いを途中で止めてしまったら困るから、極力、愛想良く。そして、ここが大事なのだが、感心した、と言いたげな表情を作る。

「老いらくの恋、なんて意味でも使うって言っていたな」

なるほどね、とうなずく。「そうね」を繰り返していては、上の空に見えてしまうから、異なる表現をローテーションで使う。

同時に、吹き出しそうになるのをこらえた。よりにもよって、老いらくの恋とは。外に女ができると、すぐに態度に出る人だった。女に貢いで生活費を家に入れなくなるようでは大問題だが、幸か不幸か夫は違った。ちょっとした見栄を張って出費することはあっても、貢ぐとなると沽券《こけん》に関わると考えていたらしい。何でも主導権を握らないと気が済まない性格で助かった。

むしろ、外で別の女相手に威張り散らしてくれるほうが、面倒がなくていい。家計に支障が出ない範囲なら、全然構わない。夫が「家事に支障が出ない範囲でなら」と条件をつけるのと同じだ。

おそらく、まだ具体的な進展があったわけではないのだろう。ターゲットになる女性を見つけて、どう攻略するか作戦を練っているといったところか。妙に上機嫌で、そのくせ、そわそわと落ち着きがなくなるから、すぐにわかる。

夫のほうは、亜希子が全く気づいていないと思い込んでいるのだから、おめでたいことこの上ない。せいぜい、老いらくの恋を楽しめばいい。

「古きを愛する人、老いらくの恋、それから……ああ、そうそう。昔の恋人だ」

「あら。古いものばかりなのね」

「そりゃそうだろう。アルテは古いって意味なんだから」

子供のころ、「アルテリーベ」という喫茶店が駅前にあったから、「昔の恋人」を意味していることは知っていた。年の離れた兄が教えてくれたのだ。その知識を仲間内で披露して得意になっていた。

仲良しだった倫子も晴美も、感心した様子で聞いてくれた。いつもそうだった。自分という人間があれほど大切にされたのは、後にも先にもなかったように思う。本当に、優しい友人たちだった。

クラスの男子の誰が好きか、と話を振ったとき、二人とも亜希子と全く同じ名前を挙げた。亜希子に合わせてくれたのだ。

亜希子自身も、その男子のことを本気で好きだったわけではない。ただ、聞き覚えたばかりの「バレンタインデー」とやらをやってみたかったのだ。それにはチョコレートを渡す相手が必要だった。

亜希子たちが住んでいた田舎町にはまだ、しゃれたチョコレートを売る店などなかった。だから、近所の食料品店で板チョコを買い、千代紙で包み直した。倫子と晴美も同じようにしていた。

そして、昼休み、三人そろって下駄箱の中に包みを入れた。そのころ読んでいた少女漫画では、学校の下駄箱はもっぱら郵便受けとして描かれていた。

当時はまだ、ホワイトデーにお返しを贈る習慣もなかった。チョコレートを贈られた男子に至っては、それが意味するところすら理解していなかった。放課後、彼は少年野球のチームメイトとチョコを分け合って食べて、それで終わりだった。

ところが、バレンタインデーという行事はあっという間に普及し、定着した。亜希子たちが中学生になったころには、もう誰もが知る習慣となっていた。

くだんの男子も、遅ればせながら、小学生のころにもらったチョコレートの意味に気づいたらしい。三年遅れで、お返しのクッキーを寄越してきた。亜希子でも晴美でもなく、倫子だけに。

もちろん、亜希子は祝福した。バレンタインデーにチョコレートを贈ってみたいという「不純な動機」だけで始めたことである。不格好な千代紙の包みを下駄箱に放り込んだ時点で満足していた。相手の反応は、どうでもよかった。

亜希子だけではない。晴美も、倫子も、似たようなものだった。三人のうち、その男子を本気で好きだった者は皆無だったのだ。

選ばれなかった亜希子と晴美は気楽なものだったが、選ばれてしまった倫子は難しい立場に追い込まれてしまった。彼が遅れて「お返し」を寄越したのは、要するに、三年経って本気で倫子を好きになったのだろう。だが、倫子のほうは違った。たいして好きでもない相手から告白されてしまったのだ。かといって、仲良し三人組共通の「初恋の相手」を袖にするのは気が咎《とが》めた。三人の友情を踏みにじる行為だと考えた。

それで、倫子は彼と付き合うようになった。同時に、亜希子や晴美とも距離を置いてきた。自分一人が抜け駆けしたようで、気まずかったのだろう。

もっとも、そんな気持ちで始まった恋愛がうまくいくはずもなく、ほどなく二人は別れてしまった。

その後、亜希子たち三人が同じクラスになることはなかった。進学先も別々で、いつしか年賀状のやりとりさえ途絶えた。

晴美にはそれきり二度と会えなかった。半年ほど前、郷里で中学の同窓会があったのだが、一泊での同窓会など夫がいい顔をするはずもなく、泣く泣く欠席した。生きている晴美と会う、最後のチャンスを逃してしまったのだ。

晴美の訃報が届いたのは、その一月あまり後、奇《く》しくも二月十四日だった……。

夫はまだドイツ語の話を続けている。アルテリーベには他にも意味があるらしいが、聞き漏らしてしまった。が、構わなかった。夫の話など、どうでもいい。

亜希子は愛想笑いを顔に貼りつけて、死んでしまった友と、生きている友に思いを馳《は》せた。

初心者向けの語学教室では、必ず挨拶と自己紹介がワンセットになっている。見知らぬ国へ旅行や仕事で出かけた際に、最も使用頻度が高いと思われる構文を習得させるためだろう。

私の名前は××です、私は日本人です、××県の出身です、××歳です……。

『年齢や出身地は個人情報ですからね。本当のことを言わなくても構いません。年齢、思いっきりサバを読んでも大丈夫ですよ』

わざわざ先生がそう言ってくださっても、実際に出身地や年齢を変えるのは女性ばかりで、男性は馬鹿正直に自己申告してくる。実際とは異なる出身地や年齢を考えるのが面倒なのか、大学の公開講座ごときに個人情報を悪用するほど知恵が回る者がいるはずがないと高をくくっているのか。或いは、自分だけは大丈夫と根拠もなく考えているのか。

「……Ich komme aus der Präfektur Kumamoto. Ich bin zweiundsiebzig」

原島悟も例外ではなかった。年齢も出身地もそのまま使っていた。大丈夫。これなら、怪しまれることはないだろう……。

　何回めかの授業の帰り道、倫子は原島に声をかけた。会話の練習で、何度か言葉を交わしているから、不自然ではないはずだ。

「原島さん、もしかして、奥様は林《はやし》亜希子さんじゃありませんか？」

　戸惑いの表情を浮かべる原島に、倫子は「やっぱり」と畳みかけた。

「亜希子さんのご主人って一回りくらい年上で、熊本のご出身だと伺ってましたから。自己紹介のとき、もしかしてと思ってたんです。ほら、割と珍しい苗字《みょうじ》でしょう？」

「ああ、そういうことでしたか」

　原島の顔から戸惑いの色が消え、安堵《あんど》感と好奇心とが相半ばした表情へと取って代わった。

「私、亜希子さんとは小学校から中学校まで一緒だったんです。亜希子さんには、とても仲良くしていただいて。高校で別々になってしまいましたけど」

　実際には、疎遠になったのは中学二年からであって、高校進学がきっかけではなかった。受験のときには、お互いがどこの高校を受けたのかさえ知らずにいた。まあ、原島には知る必要のない話だ。

「初日、先生が出席をとったときに、ちょっと驚いたんですよ。お隣が、亜希子さんと同じ苗字の方で」

社会人向けの講座では、初日に座った席が概《おおむ》ね受講中の指定席となる。だから、わざと原島より少し遅れて教室に入り、さりげなく隣に座った。これで、講座が終了するまで原島の近くにいられるし、まだ出席をとる前だから、偶然を装うことができる。

「こんな偶然って、あるんですね」

少女漫画にありがちな「偶然の出会い」にコロリといくのは、実は女ではなく、男のほうだ。

「すごい偶然ですよね」

偶然の二文字を再度強調してみせると、原島はうれしそうな表情を浮かべた。

男は必ずしも若い女だけに食指を動かすとは限らない。親子ほども歳の離れた女を好む男もいるだろうが、あくまで好みの問題であるし、老境にある男の多くが、妻よりも外見がいくらか若い程度で満足する。

重要なのは、来る者は拒まずという傾向だった。警戒心の差なのか、好奇心の差なのか、接近してくる女に男は寛容かつ好意的だ。いや、無防備ですらある。

実際、次からは授業が終わると、当たり前のように二人で話しながら駅へ向かった。話題は、原島がいくらでも提供してくれる。リタイア後の男は、自分の話を拝聴してくれる相手に飢えているのだから。これは、倫子自身がカルチャーセンターで講師をしているから、誰よりもよくわかっていた。

そして、講座の最終日、せっかくだからお茶でも飲んで帰りましょうと誘った。原島は最初からそのつもりだったのだろう。「いい店を知ってるんですよ」という手垢《てあか》のついた台詞《せりふ》を口にした。

検索サイトを駆使して調べたのが丸わかりの店だったが、倫子は「素敵なお店ですね」と褒めた。店内にはカウンターしかなく、照明も薄暗い。ここまで下心を丸出しにしてくれると、わかりやすくて、助かる。

この年代の男の多くが女性向けと思い込んでいる甘いカクテルを注文した後、倫子は意味ありげな笑みを浮かべて切り出した。

「私、奥様とは恋のライバルだったんですよ。同じ男の子に、バレンタインのチョコを贈ったんです」

いささか誇張はあるし、一部の事実を伏せているが、嘘ではない。

「私のほうが負けてしまいましたけど。そのときは」

こちらは、純然たる嘘だ。相手の良心を麻痺《まひ》させるための。

「これで、お相子ですよね」

しなだれかかると、腰に手を回された。慣れた動作だった。そこそこ遊んでいることは、亜希子から聞いている。

掛かった、と倫子はほくそ笑んだ。


亜希子と再会したのは、晴美の告別式だった。四十数年ぶりに見る亜希子は、気の毒なほど老け込んでいた。少し前の同窓会で、かつての級友たちから亜希子の噂《うわさ》を聞いて覚悟はしていたが、これほどとは思わなかった。

苦労したんだね、と倫子が言うと、亜希子は声もたてずに泣いた。その姿を見て、亜希子がどんな日々を過ごしてきたのかが察せられた。ささいな行き違いから疎遠になった挙げ句、関係修復を怠った自分が許せなかった。二人とも、東京に出てきていたのに、と。

余命宣告を受けていた晴美が同窓会を企画しなかったら、亜希子が苦しんでいることすら知らずにいたのだと思うと、いたたまれない気持ちになった。

離婚に踏み切りたくても、夫の収入に依存しているからそれができないという話をよく耳にしていた。中高年の受講生が圧倒的に多いカルチャーセンターでは、その手の話がよく話題に上る。きっと亜希子もそうなのだろうと思った。

『生活の不安がないとしたら、離婚する？』

亜希子は怪訝《けげん》そうな顔をした。そんなことができるのかと言わんばかりに。

『相手の不貞が原因で離婚したら、財産分与もあるし、年金だって半分もらえる』

亜希子の娘二人は独身だったが、経済的に自立している。今更、両親の離婚に異議を唱えたりしないだろう。まして、父親の不貞が理由であれば。介護が必要な舅も姑もすでに他界しているのなら、娘たちにお鉢が回ることもない。

『私がひと芝居打つから。モラハラ亭主を罠《わな》にハメてやりましょう。ね？』

亜希子の瞳が揺れた。

『そんなこと、できるの？』

『できる。アキちゃんが嫌じゃなければ』

『嫌じゃない。全然。でも、みっちゃんは嫌じゃないの？』

亜希子の娘たちと同じく、倫子も独身で、夫はいない。結婚しなかった理由は、おそらく異なっているだろうが。

『私も、嫌じゃない。全然。だから、任せて』

受講生の中には、亜希子の夫とよく似たタイプもいた。彼らをうまくおだてて受講を続けさせるのが講師の腕の見せ所でもある。

まず、名の通った大学の公開講座のパンフレットを二部、取り寄せた。夫婦で海外に行きたいから、語学を勉強してほしいと頼むように指示した。受講動機を問うアンケートで、よく見かける回答だった。

そして、亜希子の夫と同じ講座を倫子も申し込んだ。幸い、講師の仕事がある日とは重ならずにすんだ。

接触に成功した後は、受講期間の三カ月をフルに使って距離を詰めていった。用心のために、その三カ月間は一切、亜希子に連絡を取らなかった……。

そこそこ遊んでいる男でよかった。手間が省けた。面倒なやりとりをすることもなく、原島は倫子をホテルに連れ込んでくれた。

亜希子には、「証拠写真」を撮ったら、それを手に自宅に乗り込むと言ってある。アキちゃんはショックを受けたふりをして泣いていればいいから、と。

それで離婚に持ち込めると、亜希子は安心したようだった。半分だけでも年金がもらえれば、生活には困らないと思ったのだろう。

実際、倫子もそう考えていた。離婚すれば、贅沢《ぜいたく》はできないかもしれないが、自由になれる。昔のように、お互いの家を行き来して、時間を忘れておしゃべりをしよう。たまには映画を見に行くのもいい。この年齢なら、ほとんどの映画館で割引料金になっている……。

だから、証拠となる写真を撮って終わりのはずだった。だが、最後の最後で計画が狂った。

部屋を取ってあるから飲み直そうと言われて、応じた。二人きりになると、原島は当たり前のように倫子を抱き寄せてきた。嫌悪感を押し隠して、されるがままになりながら、見るともなく原島の胸元に目をやった。

機械で付けたのではないと一目でわかるボタンが目に飛び込んできた。すぐ上のボタンも見てみると、同じ色の糸と同じ掛け方。まだ真新しいシャツである。はっとして、他のボタンにも目をやると、どれも同じ付け方だった。ボタンが取れたのではなく、わざわざ外して付け替えたということだ。

シャツやブラウスを買ったら、まずボタンを外して丈夫な糸で付け替えましょうと、中学の家庭科の教師は言った。機械で付けたボタンの糸は細くて切れやすいし、糸の端が出ていたりしてすぐに解《ほど》けてしまうから、と。

前開きの襟付きブラウスを縫うという授業での「余談」だった。自分がどんな布を選んだのか全く記憶にないのに、亜希子が縫っていた小花模様の布は覚えている。仮縫いをする手を休めて、教師の話を聞いた。あのときの亜希子の横顔までもが鮮明に蘇った。

もちろん、倫子自身は、新しいシャツのボタンをわざわざ外して、別の糸を使って付け替えるなどといった面倒なことはしない。だが、亜希子は律儀に家庭科教師の教えを守ってきたのだろう。ボタンだけでなく、それ以外のことにも手間暇をかけてきたに違いない。

その膨大な時間の積み重ねを思った。目の前の男は、それを当然のものとして受け取り、感謝の言葉ひとつ口にしなかった……。

家庭科室の足踏みミシンを前に笑っていた亜希子と、老いた亜希子の姿とが頭の中でぐるぐると回った。弾けるような笑い声と、疲れ果てたため息とが耳の奥に木《こ》霊《だま》した。

憎しみが噴き出した。抑えようもなく。どす黒い何かが両腕に凶暴な力を与えた。気がつけば、倫子は備え付けの湯沸かしポットで原島の後頭部を滅多打ちにしていた。旧式のそれは、中身が入っていなくても重たかった。女の細腕でも致命的な一撃を与えられるほどに。

　原島が床に倒れ伏した後も、手を止めなかった。何度も殴った。こんなものじゃ足りないとさえ思った。この男が亜希子から奪っていったものに比べたら。

　あの輝くような笑顔が好きだった。亜希子のそばにいられるだけで幸せだった。同じ空気を吸っていると思っただけで、目眩《めまい》がしそうなほどだった。世界中で誰よりも、自分自身よりも、大切な人だった。

　亜希子は倫子にとって、初恋の相手だったのだ。赤毛のアンとダイアナのような「腹心の友」になりたかったのではない。本当は、ギルバートになりたかった。

　まだ性的マイノリティといった言葉すらなかった時代である。亜希子本人にはもちろん、他の誰にも言えなかった。無理をして異性とつきあってもうまくいくはずもなく、かといって同性とつきあうという選択肢など考えも及ばなかった。あと十年遅く生まれていたら、状況は違っていたのかもしれないが。

　いや、十年遅かろうが二十年遅かろうが、同じだっただろう。倫子の心の中にいるのは、亜希子ただ一人。四十数年に及ぶ空白があっても、老いてやつれ果てた姿を見ても、亜希子に対する気持ちは揺るがなかった。

　だから、後悔なんてしていない。少しばかり悔いがあるとすれば、最初に思いついたのが、離婚などという生ぬるいやり方だったこと。殺す前提で計画を立てていれば、もっと早く亜希子を解放してやれたのに。

原島が死んでしまえば、保険金だって受け取れるし、遺族年金も受給できる。亜希子は生活に困ることもなく、心穏やかに暮らしていけるだろう。

原島の死体を跨《また》ぎ越し、バスルームへと向かう。まだやるべきことが残っている。亜希子を純然たる被害者にするための偽装工作が。バスルームなら、アメニティのカミソリがある。刃がうまく外せなければ、ドライヤーのコードをパイプ製の棚に引っかけてもいい。いくらでも、やりようはある。

親友の夫と不倫した挙げ句の無理心中。それなら、亜希子は罪に問われない。

走り書きの遺書でも残そうかと考えたが、その必要はないと思い直した。倫子が原島にしなだれかかるところをカウンターバーのバーテンが見ていた。ホテルのフロントにも複数のスタッフがいた。彼らの証言があれば、警察は「痴情のもつれ」というありふれた結論を導き出してくれるはずだ。

振り返れば、短い再会だった。亜希子と二人で過ごすという願いは呆気《あっけ》なく潰《つい》えてしまった。けれども、初めて好きになった人を守れる。それだけでいい。

倫子はまっすぐに顔を上げて、バスルームの扉を開けた。

再燃

新津きよみ

新津きよみ（にいつ・きよみ）

長野県生まれ。１９８８年『両面テープのお嬢さん』でデビュー。著書に『ふたたびの加奈子』『フルコースな女たち』『父娘の絆　三世代警察医物語』『夫以外』『神様からの手紙　喫茶ポスト』『二年半待て』（徳間文庫大賞２０１８受賞）などがある。

1

還暦同窓会になんか行かなければよかった、といまのわたしは少しだけ後悔しています。

あのときのわたしは、体調もあまりよくなかったのです。還暦同窓会とはいっても、早生まれのわたしはまだかろうじて五十代でした。それなのに、お恥ずかしい。ここ数年で急激に体重が増えたせいで身体を支えきれなくなったのか、膝の痛みがひどくなり、長い距離が歩けなくなっていました。

それでも、無理を押して出席する気になったのは、向井《むかい》君が離婚したと耳にしたからです。

向井亮平《りょうへい》君。わたしの初恋の人でした。

四十五年の時を経て、初恋の人がどんなふうになっているか、この目で見てみたいという軽い気持ちから出席を決めたのです。

向井君がわたしの初恋の人だったことは、誰も知らなかったと思います。自分一人の胸に秘めていたから。もっとも、彼は中学時代を通してずっと人気者だったから、わたし一人が騒いだところで大勢の女子たちの声に紛れてしまい、気づかれなかったかもしれません。

そう、向井君は大の人気者でした。思春期の女子が惹《ひ》かれる男子といえば、当時は何といっても運動神経抜群の子でしたから、陸上部に所属して短距離走で県南トップクラスの向井君がモテないはずがありません。百メートルを十一秒台で走れるなんて、五十メートル走るのにもたもたと十秒以上もかかるわたしから見たら、まさに天才、違う星の人でした。

勉強のほうはトップクラスというわけではなかったけれど、社会科の成績はよくて、みんなが知らないような国内外の地名を知っていたり、地方の鉄道路線を知っていたりして、そんなところもわたしの目には魅力的に映りました。

埼玉県内の高校を卒業したあと、向井君が東京の大学に進学したことは、友達から聞いて知っていました。女子だけで何度か同窓会を開いたことがあったので。

「あの向井君、栃木のほうの会社の社長の娘と結婚したんだって」

「えっ、社長令嬢と？」

「ゆくゆくは、向井君が『社長』って呼ばれるようになるんじゃない？」

「へーえ、すごいね」

そんな会話が交わされたのは、二十五歳のときでした。

でも、初恋の人は初恋の人にすぎず、いつしかわたしの気持ちも次第に冷めていきました。そして、中学時代を振り返るとき、かすかな胸の痛みとともに、あの向井君の伸びやかな肢体と日焼けした精悍《せいかん》な顔が思い起こされるだけになっていました。

埼玉県内の女子高から都内の女子大の家政学部に進んだわたしは、栄養士の資格をとって食品会社に就職しました。高校大学と女子ばかりだったせいか、交際するような相手はできませんでした。就職してからも縁には恵まれず、気がついたら三十間近。

——もう結婚できないのではないか。

さすがにあせりました。二十代後半になって、まわりがバタバタと結婚し始めていたからです。結婚できないどころか、それ以前に、好きな人が現れないのです。

中学時代に向井君に恋心を抱いて以来、その種の感情が生じなくなってしまったというか……。

仕事に夢中になりすぎたのですね。

ところが、その仕事が良縁を運んできてくれました。大学で栄養学を教えていた講師の男性と仕事を通じて知り合い、尊敬の念が恋愛感情へと変化して、結婚に至ったのです。

わたしが三十歳、彼が四十七歳のときです。

わたしと夫とは、十七歳も年が離れていたのでした。

「いまはいいけど、あなたが五十歳のときにご主人は六十七歳。そのころには教授になっているかもしれないけど、もう定年でしょう？　ずっと家にいられると、生活リズムが狂わない？　ただでさえ男性の平均寿命は女性より短いのだから、確実にあなたより早くあの世に逝ってしまうだろうし。その前に、介護が必要な身体になったりしたら、あなたの負担が大きくなるわよ。やっぱり、年が離れすぎていると、結婚生活が大変じゃないかしら」

そう忠告してくれた友人もいたけれど、好きになってしまったものは仕方ありません。年齢差は覚悟の上での結婚でした。その後、娘が生まれ、夫は育児にも協力的でした。

子育て中は一時的に仕事から離れていましたが、一人娘が小学校に入ったあたりから、ふたたび仕事に復帰しました。当時は定年が六十歳で、わたしが定年退職するときには夫は七十七歳、とっくに高齢者の仲間入りをしているわね、などと遠い将来を想像したものです。そのときは漠然と、わたしが還暦を迎えるまで生きていてくれるもの、と思っていたのでした。

まさか、友人が危惧したとおりになってしまうとは……。

夫は、四年前の夏に心筋梗塞を起こして、七十二歳で亡くなりました。年齢差があるからと覚悟をしていたとはいえ、ちょっとばかり早すぎる死でした。せめてあと三年、七十五歳までは生きていてほしかった……。

それでも、救いがあるとすれば、娘の優衣《ゆい》が社会人になっていて、母と娘の経済力で家庭を維持できたことでした。それに、夫は、自分と妻の年齢差を考慮して高額な生命保険にも入ってくれていたので、夫の死後に生活に困窮するというようなこともなかったのです。

とはいえ、伴侶を亡くして寂しい気持ちは抱いていました。定年退職後に海外旅行をしたり、好きな地に移住したりする夫婦の話などを耳にすれば、うらやましくなり、孤独感が増します。

——結婚を前提にしなくてもいいから、人生のパートナーがほしい。

そういう思いがわたしの中で強くなっていきました。

そんなとき、「還暦を節目に同窓会を開こうよ」と言い出した者がいて、ホテルの宴会場を会場とした同窓会の開催が実現したのでした。

——向井君も独り身になったことだし、何かが起きるかもしれない。もしかしたら、恋心がふたたび燃え上がるかもしれない。最初は男女の友情から始まってもいい。それが、特別な感情へと発展していけば。そういう思惑がなかったと言えばうそになります。

ところが、向井君に会った瞬間、わたしは自分の期待値の大きさに気づいて、失笑しそうになりました。

向井君は、昔の面影がまるでうかがえない、白髪交じりでお腹がちょっと出た、どこにでもいるただの還暦おじさんになっていたのです。

膨らみかけていたわたしの恋心は、あっというまに萎《しぼ》み、今後は同窓生として熟年男女の友情だけをはぐくもう、と心に決めました。

2

恵比寿《えびす》のスタンディングバーに行くと、朋美《ともみ》が先に来ていた。小さな丸テーブルには、キッシュと野菜が盛られた皿と赤ワインの入ったグラスが置かれている。

「お疲れさま」「お疲れー」と言い合ったあと、優衣はテーブルの下のかごに鞄《かばん》をしまい、カウンターで生ビールを注文した。

一気に生ビールを飲んで、「あーあ、生きた心地がする」と言うと、その様子を見ていた朋美が「まるでオヤジだね」と受けて笑った。

本当にオヤジみたいだ、と優衣も思う。ここ恵比寿駅周辺には、独身女性がおしゃれなオヤジに扮《ふん》することのできる店がたくさんある。新橋あたりに行けば立ち飲み屋にすぎない店が、恵比寿ではスタンディングバーと名前を変える。

今日は、朋美に「飲まない？」と誘われたのだ。朋美とは中学高校と一緒で、大学卒業後、ともに都内の会社に就職した。現在、朋美は都内で一人暮らしをしている。

「どう？　あれから誰かから連絡きた？」

と、ワインを飲みながら朋美が聞いてきた。

「あ、うん、市川《いちかわ》君からね。『ボードゲームの会に参加しないか』って」

「行くの？」

「うーん、気が乗らないな」

答えて、優衣は顔をしかめた。市川君というのは、中学校の同窓生である。

先月、渋谷のレストランで中学校の同窓会が開かれたのだが、そこに優衣は朋美と一緒に出席したのだった。

「でも、一度くらいデートにつき合ってあげたら？　市川君ってサッカー部にいた子だよね。わりとカッコいいじゃない。デートしてみて波長が合わなかったら、次はなしでいいんだし」

「そうだね。でも、断るのも面倒だから、最初から会わないほうがいいかな、と思って」

優衣が気のない返事をすると、

「優衣って、彼氏いない歴二十八年でしょう？　記録更新しそうだね」

と、朋美はため息をついた。

そのとおりなので、優衣は黙っていた。交際経験がないだけではなく、いままで一人も胸をときめかせた相手がいないのだ。

「また婚活パーティーに参加してみる？」

朋美が水を向けてくる。何度か誘ってくれたのだが、どのパーティーに出ても、ぴんとくる人には出会えなかった。婚活パーティーに参加したあとは、連絡をくれた男性への断り方に頭を悩ませてしまい、かえって気疲れしてしまうのだった。

「当分、婚活も同窓会もいいかな」

と、優衣は本音を言った。同窓会にも出るつもりはなかったのに、母親に影響されて出てみる気になっただけだった。「還暦同窓会に、お母さんの初恋の人、向井君も出席するんですって」と、同窓会の通知を受け取ってから、母はやけにはしゃいでいた。「優衣も同窓会に出てみたら？　人生の転機になるかもしれないわよ」と勧められて、それなら、と重い腰を上げたのだった。

同窓会に出席してみて人生の転機になったか、と問われれば、確かにある意味ではなったかもしれない、と答えるだろう。

「それより、朋美のほうはどうなの？」

と、優衣は矛先を返した。朋美には大学時代から交際している男性がいる。

「別れることにした」

あっさりと即答されて、優衣は言葉に詰まった。同棲《どうせい》経験もあり、結婚式場の下見までした仲なのだ。

「やっぱり、あっちから言ってほしかったから、わたしも根気よく待っていたんだけど。結局、結婚には踏みきれなかったみたいで」

「仕事のことが引っかかってるの？」

朋美の交際相手は、昨年転職している。

「同じＩＴ業界での転職だから、仕事の内容はあまり変わらないというけど、思ったほど給料が上がらなかったみたいでね。彼は奨学金を返済中でしょう？　だから、結婚となるとわたしも考えちゃってね」

「そう」

大学の学費のために借りた奨学金は、借金そのものだ。所帯を一緒にすれば、家計のやり繰りの中で相手の借金が大きな比重を占めることになる。朋美の迷いも理解できる。

「彼のこと、諦めきれるの？」

「前ほどの熱い気持ちはないのよ。きっぱりと別れて、この先、ほかに縁のある人が現れたら、そっちのほうがいいかな、と」

そう答えてから、朋美は眉をひそめて言葉を重ねた。「わたしたち、もうじき三十歳。アラサー。何だかあせるよね。子供も産みたいしね」

「そうだね」

「だから、今回、同窓会の出席者も多かったんだと思う。同窓会を出会いのきっかけの一つとして考える人が増えてるのよ」

確かに、と優衣もうなずいた。会場の隅々では、LINE交換が盛んに行われていたし、「友達を紹介して」という声もあちこちで上がっていた。

「初恋の人と結婚する確率って、どれくらいだろう」

ふと、そんなことを思いついて、優衣は口にしてみた。

「あんまりいないんじゃないの？　だって、わたしの初恋は幼稚園のときだもの。長続きするはずがないわ」

「ずいぶん早いのね」

「お弁当の甘い卵焼きをくれた林裕太《はやしゆうた》君。彼がいまどうしていようと、全然興味ないわ」

「フルネームまで覚えているなんて、すごいね」

それだけ、人生において初恋の人は重要な位置を占めるということか。

「優衣は……ああ、そうか、初恋はまだだったよね」

呆れたような表情で、朋美が言い返した。

——初恋かどうかわからないけど、気になる人が現れたの。

優衣はそう言おうとして、やめておいた。

先日の同窓会で心の琴線に触れた人がいたのだった。だが、自分の気持ちが本物かどうか、慎重に見極めてからでないと、誰にも話すことはできない。もちろん、母にも。

3

思いがけないことが起きました。

同窓会のあと、向井君のほうから「会わないか?」と連絡してきたのです。

同窓会の会場では、男女別のグループに分かれてしまったこともあり、あまり話はできなかったけれど、帰りの方向が一緒だったから少しだけ話したのです。だから、その余韻を引きずっていて、彼も話し足りないのかな、なんて思いました。

「食事でもしない?」と誘われて、会うことに決めた日は、優衣にも会合があって帰りが遅くなる日でした。

そのころには、膝の痛みもだいぶ和らいでいたので、向井君が予約してくれた大手町のホテルの最上階のレストランまで、わたしはヒールが高めのパンプスを履いて、東京駅からの通路を弾むような足取りで歩いていきました。ホテルの入り口にはドアマンがいて、レストランフロアに直通のエレベーターまで案内してくれました。

吹き抜けの天井には和紙が貼られていて、そこにあたる照明が柔らかい光を生み出していました。何かが起こりそうな大人のムードが漂う空間です。

——こんな高級レストランに招待してくれるなんて……。

ただの同窓生の関係ではない、それ以上の何かを求められているのかもしれない。

そんなふうに気を回してしまい、緊張で足が震えます。

向井君は、窓際の皇居の緑が望める席を予約してくれていました。

「今日はつき合ってくれてありがとう」

向井君は、席を立って迎えてくれました。年齢相応に頭に白いものが混じり、お腹はせり出しても、さすが会社の社長さんです。仕立てのいいスーツを着ているのはわかりました。

「小野田《おのだ》さんも変わらないね」

正面に座るなり、向井君はお世辞を口にしたけれど、変わらないはずがありません。化粧やゆったりした服でごまかしていても、目尻や口元のしわや太目の体型までは隠せません。

それに、いまのわたしは、結婚して佐倉《さくら》姓。だけど、旧姓で呼んでくれるのが嬉しくて、ああ、これが同窓生のよさだな、なんて勝手に一人で感激していました。

イタリアンのフルコースにそれに合わせたワイン、と料理が進み、それにつれて会話の内容も昔の思い出話からプライベートなものに変わっていきました。

「向井君、離婚したんだって?」

同窓会では、遠慮もあって立ち入った話は避けたのです。

「まあね」

「原因は何?」

「妻の気持ちがぼくから離れて、ほかの男に」

奥さんの浮気なのか。わたしはちゃかしたほうがいいのか同情したほうがいいのか迷い、何も言わずにいました。すると、向井君はわたしから視線をそらしたまま、説明を続けました。

「人生で一番好きになった人と再会したとかで、それで一挙に気持ちが盛り上がったみたいでね」

「その人は、奥さんにとって……初恋の人なの？」

初恋の人の前でその言葉を口にするのは、さすがにためらわれました。

「本人はそう言っていたけど、本当のところはわからない」

「再会して、恋心が再燃したのかしら」

「かもしれない」

向井君は苦笑すると、過去を顧みる目をして話を続けました。「もともとぼくは、妻より彼女の父親に気に入られていてね。知り合ったのも、義父とのほうが先だった。中学高校と陸上部にいたのも同じで、大学も学部も同じ。大学でテニス部に入っていたのも同じだったから、会ったときから好感を持たれていたんだよ。自分の跡継ぎは、絶対に体育会系の男と決めていたらしい。それで、ぜひ娘にと請われて会って、あれよあれよというまに結婚話にまで進んでしまった。将来は社長になれるという打算もあったかもしれない」

「別れた奥さんが関係している会社でしょう？　向井君はこれからどうするの？」

「会社を出る準備を進めている。別れた妻の弟が経営陣に加わっているし、うちの息子も出向先から戻ってきたところだしね」

「息子さんがいるのね。だったら、心強いわね」

そういうプライベートな家族の話も前回はしなかったのです。

「小野田さんのところは娘さんだよね」

「ああ、うん、まだまだ結婚しなさそう。WEB制作会社に勤めていて、仕事がおもしろいみたいなの」

「仕事がおもしろいのは何よりだよ」

「そうかしら」

頭に浮かんだ優衣の顔を追い払って、「会社を出て、どうするの?」と、話をもとに戻しました。

「何とかなるさ。人脈は広いんだ。顧問をしてほしいという誘いもあるけど、ぼく自身はコンサルタント会社を設立しようと考えている」

「へーえ、そうなの」

「それで、小野田さんに相談というか話したいことがあってね」

――えっ、何だろう。仕事関係の相談か、あるいは、もっとほかの個人的な……。

わたしは、期待に胸を膨らませました。

4

複数で集まるなら、とボードゲームの会に参加してしまったことを、優衣は後悔していた。あまりにしつこく誘われたので、根負けした形だった。

その後、市川君からは毎日ＬＩＮＥのメッセージがくるようになった。彼が勤務するアパレル会社は五反田《ごたんだ》にあり、優衣の大崎《おおさき》の職場から近い。最初は、同じボードゲームや人狼《じんろう》ゲームやバーベキューパーティーに参加しないか、という誘いのメールだったが、そのたびに予定が入っていると断っていたら、業を煮やしたのか、市川君は次の作戦に出た。そして、それが、優衣を精神的に参らせることにつながったのだった。

「十九時から新宿駅南口の〇〇で飲む予定です。来ない？」

「十九時に渋谷の〇〇にいます。来られたら来てね」

「十九時半に品川の〇〇にいます。よかったら来てね」

「十八時半から大崎駅ビル内の〇〇にいます。近くだから来てね」

「昨日と同じ店にいます。残業？　終電まで待つから来てね」

五日続けてそんなメールが入り、三通目までは都合がつかないと返信したものの、四通目からは無気味さが募り、文面を見ただけで吐き気を覚えた。

——彼はわたしに近づいてきている。

徐々にエスカレートしていきそうで、怖くてたまらなくなった。

メッセージがきても無視して、既読にならないようにしよう。そう考えたが、彼からメッセージがあるか否か、チェックするだけでもひどいストレスになった。

——どうしよう。

誰かに相談したいが、同窓生を相談相手には選べない。社内の人間を相談相手に選ぶと、仕事上でごたごたが生じるおそれがある。母に相談したところで、不安な気持ちはうまく伝わらないだろう、と優衣は思った。母は基本的に善意の人で、単純な性格で、物事を素直に受け取るきらいがある。「市川君って中学の同窓生なんでしょう？　悪い人じゃなければ、しばらくつき合ってみればいいじゃない」などと、軽く受け流されてしまうかもしれない。

——あの人はどうだろう。

一人の男性の顔が、脳裏にぼんやりと浮かんだ。名刺はもらっている。企業の顔であるホームページなどを制作するのが優衣の仕事であり、依頼内容を聞くために企業に出向く機会も多い。必然的に名刺交換する機会も多くなり、あっというまに名刺が箱いっぱいにたまってしまう。

その中から一枚を抜き出し、連絡してみた。ビジネス同様、相談事は迅速に進めたほうがいい。そして、翌日、すぐに彼と会うことになった。大崎の優衣の勤務先まで来るという。

「佐倉さん、来客です」

受付から内線電話を受けて階下に行くと、応接コーナーで待っていた男性が優衣を見て立ち上がった。

「連絡をいただいた高見《たかみ》です」

と、男性は落ち着いた声で名乗ると、会釈をした。

5

都心の豪華なホテルに誘われ、向井君から「相談というか話したいことがある」と言われ、胸を高鳴らせたわたしでした。

——あなたに好意を抱いている。大人の穏やかな交際をしませんか？

初恋の人にそんなふうに告白されるかもしれない。そう思って舞い上がったとしても、不思議ではないでしょう?

それなのに、肩透かしを食ったというか。「ごめん。やっぱり、今日はやめとくよ」なんて、突然、気が変わられてしまって。

でも、まだ望みはあります。何度かデートを重ねれば、向井君も話す気になってくれるかもしれません。気長に待つことにしました。

そしたら、ひと月ほどたって、「話したいことがある」と連絡があったのです。

今度こそ、とわたしは意気込んで、おめかしして、待ち合わせ場所の有楽町のホテルまで行きました。なんと向井君は、レストランの個室を予約していたのです。

向井君は、神妙な顔をしてテーブルに着席していました。

——これは、人に聞かれたくない話に違いない。

でも、どうしよう。本気になられては困る。わたしのほうは、中学時代のような恋心はもう抱いていないし、できれば友情を大切にして、健全なおつき合いをしていきたいと望んでいるのに。向井君がそれだけでは満足できなくて、それ以上の関係、たとえば男女の関係を望んでいるとしたら……。

——ディープな交際を求められたら、どう断ろうか。

思案していたわたしに向かって、向井君はいきなりテーブルに頭をくっつけんばかりにして、「お願いします」と切り出しました。

——お願いします、と言われても……。

困ります、と言いかけたわたしに、きっと顔を起こした向井君は、息を吐き出すように言葉を継ぎました。

「お嬢さんをぼくにください」

6

還暦同窓会に娘を連れていったことを、有楽町で向井君と会った直後、わたしはひどく後悔しました。

あの日、膝の痛みがひどかったので、優衣に頼んで会場のホテルまで車で送ってもらったのです。会がお開きになるまでの二時間半、優衣はホテル内で待っていました。

帰りがけに出口で向井君と一緒になったわたしは、娘の車で来たことを伝えました。すると、向井君は、「ああ、あれは小野田さんのお嬢さんだったの？　始まる前に会場の入り口で二人でいるのを見かけたよ」と言ったので、「よかったら娘の車でお送りしますよ」と、彼を誘いました。自宅まで送り届けたわけではなく、最寄りの駅までだったので、車内で話す時間は少なかったけれど、降りるときに彼から「どうぞ」と、名刺を渡されました。急いでいたのか、あとで二枚重なっていたのがわかって、一枚を娘にあげたのです。深い意味はありませんでした。

まさか、向井君がわたしの娘、優衣にひと目惚《ぼ》れするなんて、そして、優衣もまた向井君に心惹かれるなんて、思いもしませんでした。もしかしたら、名刺を二枚重ねて渡したのも意図的だったのかもしれませんね。優衣に好意を抱いた向井君は、「二人きりで会わせてほしい」とわたしに言い出せず、迷っていたのでしょう。

車の中で、向井君は、出張で出かけた海外の発展途上国の話をしてくれました。仕事に関係のない地方にまで足を延ばして道に迷ったり、電車の乗り継ぎに失敗したりしたエピソードに、優衣は興味を持ったようでした。価値観が共通していることや、彼のやさしさや純朴さに惹かれたのだと思います。

その後、人間関係でトラブルを抱えて悩んでいた優衣は、人生経験豊かな向井君に思いきって相談を持ちかけました。相談の内容というのは、いまだに母親のわたしには明かされていません。親子でも話したくないことはあります。それを、向井君は見事に解決してあげたのです。それで、二人の心は固く結びつき、人生をともに歩もうと誓い合うまでに至ったのでしょう。

　優衣の父親が生きていたら、何て言ったでしょう。自分の娘が三十二歳も年上の男と結婚すると知ったら。きっと、驚いたことでしょう。でも、夫が生きていたら、いま七十六歳。自分よりは年下の男だからいいよ、なんて笑って許してくれたかもしれませんね。

　わたしたち母娘《おやこ》の身体には、同じ血が流れていて、年上の男性と結ばれる運命にあったのでしょう。同学年の向井君とはうまくいくはずがなかったのです。

　みなさま、本日はお忙しいところを、こうして二人の門出を祝うためにお集まりくださり、誠にありがとうございます。二人の希望で、親しい方々だけをお招きしてのささやかな宴となりました。

　向井君……いえ、株式会社高見工業の元取締役社長の高見亮平さんは、いまは向井亮平さんに戻り、わたしの娘の佐倉優衣と結婚することになりました。

　娘の初恋が成就したわけで、母親のわたしからも心からの「おめでとう」の言葉を贈ります。

　向井君、おめでとうございます。経営コンサルタント会社を設立した向井君にとっては、二重の意味で新たな門出となります。

優衣、幸せになってね。

でも、おめでたくはあっても、やっぱり、還暦同窓会になんか行かなければよかった、と心のどこかでちょっぴり後悔しているわたしなのです。

触らないで

篠田真由美

篠田真由美（しのだ・まゆみ）

東京都生まれ。1992年『琥珀の城《ベルンシュタインブルク》の殺人』でデビュー。著書に「建築探偵桜井京介の事件簿」「龍の黙示録」「レディ・ヴィクトリア」「イヴルス・ゲート」シリーズなどがある。

それは夕刊の文化欄の下の方に出た、手のひらの半分で隠せてしまうくらいささやかな記事でした。

明治大正昭和三代、彫刻家として広く一般にも名を知られた方の自宅兼アトリエが、主《あるじ》の没後記念館として公開されていたが、このほど耐震性に問題があることが判明し、取り敢《あ》えず休館となった。管理者である財団は、全体に補強工事を行った上で再公開したいと希望しているが、工事費用の捻出方法についてはまだ決定がなされておらず、規模を縮小して一部保存とする、取り壊しの上新たな記念館を建設する、最悪の場合は閉館して、収蔵品の寄贈先を求める可能性もあり得る、云々《うんぬん》。

おやおや、とわたくしは思いました。この記念館には、もうずいぶん以前ですが、一度だけ足を運んだ覚えがあります。お住まいは二階建ての和風建築で、アトリエはさすがに彫刻家の仕事場らしく、二階まで吹き抜けの天井の高い鉄筋コンクリート造でした。そこに著名な代表作の大きな、写実的な人物彫刻、正確にいえばブロンズ像が何点も展示されていました。でも正直な話、わたくしにはそれほど興味を惹《ひ》かれない作品だな、と思い、それよりは決して華美ではないものの、住み心地の良さそうな住宅を面白く拝見したものでした。

さて、わたくしの元でちょっとした異変が起きたのは、その夕刊を読んだ夜からのことです。夜中、店の方で家鳴《やな》りがするのですよ。店というのは、わたくしは古道具屋を営んでおりまして、骨董《こっとう》商などとたいそうらしく名乗るには及ばない、アンティークなどというのも気恥ずかしい、カタカナことばを使うならいっそリサイクル屋で充分な程度の、と申し上げておきましょう。

屋号は『万国古物取扱《ばんこくこぶつとりあつかい》　銀猫堂《ぎんねこどう》』。

どこからそんな名が付いたんだって、それはお好きにお考えくださいまし。なんでしたら主のわたくしの髪が白いというよりは、銀色だからとでも思っていただいてようございます。中には『化け猫』とか『劫《こう》を経た猫又』とか、好きにおっしゃる方もございますが、ちっとも気になどいたしません。お若い方が年寄りをかまってくれて、いっそ有り難いくらいのものですわ。

ともかくその店の中から、ゴトゴト、ガタガタと、ネズミが迷いこんで悪さをしているような物音がいたします。倉庫なんて気の利いたものはないんで、わずかな納戸の他には、広くもない店内にありきり並べて積み重なって、それが長い間にたまって積もって重なって、見てくれが良いとはいえないとは申しましても、これでどこになにがあるかは、自分で承知しております。そしてどう考えてもその中には、腹を空かしたドブネズミが漁《あさ》りたいようなものはないはずなのですが、それも一夜だけでは済みません。物音は毎晩毎晩、そりゃあしつこく続きました。それもだんだん大きくなって、ガッタンガッタンと揺さぶるような音が続いたかと思うと、次にはカリカリコリコリ爪を立てて引っ掻《か》いているような、なにやら憐《あわ》れっぽく悲しげな音が延々と続くんです。

それでどうなったかって、根負けいたしましたよ。わたくしに聞こえているというのは、向こうは疾《と》うに承知なんですから、いくら知らない振りを決めこんだところで、そりゃ無駄ってもの。それに実を申せばわたくしだって、それがネズミでも、かといって心霊現象たらいうものでもないことは、最初からわかっておりましたよ。

わたくしはただの古道具屋で、拝み屋でも占い師でもありませんけれど、こうやって店を張って、隅々まで時間が染みこんだ古い作物を取り扱っていると、生きものじゃあないが死んだものでもない、妙な具合に人間じみたおかしな「もの」と出会うことがいくらもあるんです。昔の人が付喪神《つくもがみ》なんてことばを使いましたが、あれが一番近いかも知れない。人の無念や祈りや呪いや、そんなやっかいなものが取り憑《つ》いてしまって、ご本尊の人間はとっくにいなくなっているのに、それだけが消え損ねて残っている。

この手のものはこじらせると面倒です。関わり合いのあるだれかが生きていてくれたらまだしも、とっくに皆様亡くなって、もうだれも覚えてもいない。当人が逝かれたときに一緒に煙になっているはずのものが、なにかの拍子でこの世に残ってしまう。意図してそうしたわけでもないんで、咎《とが》め立てもできない。だけど扱いようを間違えると、馬鹿にならない悪さをすることだってあります。なぜって、人は変わることも忘れることもできるけれど、「もの」はそうはいきませんから。

ただわたくしが読んだあの新聞記事、あれと関わりがあるだろうってことは、はなから予想がついていました。大きなブロンズなんかうちの店にあるわけもないけれど、なにかあの彫刻家に縁《ゆかり》のものが紛れこんでいるんじゃあと思って捜してみたら、捜されたくて騒いだんでしょうから、あっさり見つかりましたよ。

すっかり埃《ほこり》を吸って、黒ずんでしまった桐箱がひとつ。大きさは、よくある人形ケースほど、と申しますか。けんどん箱といってもいまの人には通じないかも知れないけど、前の蓋が外れるようになっていて、そこになにか書いたらしい墨文字が、後から塗り潰されているせいでよけい黒く汚く見えたんですね。茶道具なんぞなら、銘とか極《きわ》めとか落款《らっかん》とかがありそうなところですが、塗り潰されて読めないんじゃどうにもなりません。

中にはブロンズ製の彫刻が入っていました。例の彫刻家の作品かって、わたくしにそれはわかりません。でも、毎晩騒いでわたくしの眠りを浅くしたのはその箱の中身以外あり得ないというのは確かだったので、こうして見つけてしまえば後はもう、その願いをどうかして決着つけてやる他ありません。そして、それがなにを求めているのかは、いまさら尋ねなくてもわかります。

聞いてしまったのが我が身の不運。仕方がありませんから出かけましたよ。

「はいはい、承りましたよ」

って、その箱を風呂敷に包んで、小脇に抱えて。そうすると腕がだるくなるくらいずっしりと重くて、せめてこの程度の大きさで良かったと思いましたね。どこへって、その記念館にです。放っておいてもどうなるものじゃない。けりをつけるなら早いに越したことはありません。見つけたその晩の内にです。

そんな時刻に開館しているわけがないだろうって、あなた、ああいう新聞記事が出たんですもの。普通の公開はどうせ中止になっていることでしょうし、建築の専門家でもない一般の来館者が、どう頼んだところで受け入れられやしないでしょうから、いちいちお断りもしませんでしたよ。

二階か三階に思えるほど高い天井の、床は木張りのアトリエには、高窓からしらじらと月の光が差し込んでいて、けれどほとんど空っぽでした。わたくしが記憶している、高名な彫刻家のブロンズ像、それもどれも等身を大きく超える見上げるほど高い像がいくつとなく立ち並んでいたはずのアトリエは、いまでは剝《む》き出しの床の上にはほとんどなにもなく、ただ向こうの壁際のガラス窓を背にして、小学校のふたりがけの机のような頑丈そうな木製の、テーブルというより作業台と呼ぶ方が当たっているでしょうか、そこに人がいました。

子供でした。それも歳は十にもならぬほどのおかっぱ頭の少女が、自分の胸より高い台の上に両手を差し出して、なにをしているのかといえば自分の頭ほどもある粘土の塊を両手で摑《つか》んでこねているのです。やけにくっきりと太い眉の下の、凜《りん》と見張った目の鋭いこと。鼻筋はきっぱりと通り、引き結んだ口は大きく、歳に似合わぬりりしい顔立ちの少女でした。頰は紅潮し、汗ばんだ額に短い前髪が乱れて貼りついているのを、ときどき指でもどかしそうに搔き上げるので、その額は粘土で薄黒く汚れてしまっていました。

見ているとそのふたつの手は決して、いたずらに粘土をこね回しているわけではありません。彼女の目と手はおのれがしていることを、きちんと承知しているのだ、というのがわたくしにもわかってきました。そうして少女の小さなふたつの手の下から生まれてきたのは、長い耳を後ろに横たえたウサギでした。ふっくらと丸みを帯びた背中、もぐもぐと絶えず動いている口元、眠そうでいながら警戒を怠らない、なにかあればすぐに後ろ足で地を蹴って跳躍していきそうな、それは実に見事なウサギの像でした。わたくしは思わず声をかけました。

「まあ。すごく足の速そうなウサギね」

するとと少女はわたくしを上目遣いにちらっと見て、

「駄目よ。さわらないで」

吐き捨てるような調子で答えて、すぐまた目を粘土に戻します。

「触らない。なにもしないわ。でも、見ていていい?」

「なんで?」

「あなたの手の動きが、かっこうよくて気持ちがいいから」

「かっこう、いい?」

「ええ」

「気持ちが、いい？」

「ええ。ずっと見ていたくなる」

「ほんとう？」

「本当よ」

「かあさんはいつも怒ったわ。あたしがいくつになっても、小さな子供みたいな泥遊びを止めないで、着物を汚してくる。顔にも泥をつけて平気で歩き回って、あの家の娘は頭がおかしいって思われるって。おかしいっていうなら、おかしいのかも知れない。でもあたしにはそんなの、どうでも良かった。大事なのはあたしの手が、あたしの作りたいと思うものをちゃんと作り上げられること。なかなか思うようにいかない。そのためにはとにかく、作って作って作り続けるしかないもの」

「そんなにもあなたは、作りたかった」

「そうよ。どうしてかなんて聞かないで。あたしは作りたかったの。うちの裏の山に粘土の層があって、それを掘ってきて、作った。作った。毎日毎日、他のことはしなかった。それしかしたくなかった。気がついたときにはもう、ずっと」

　こちらを見ないまま、彼女は両手を動かし続けます。その手の中でウサギはとっくに形を失い、別のものに変わっていきます。ウサギから首を伸ばし、四肢を折って座る生まれたばかりの仔馬に。丸々と太った横たわる豚と、乳に吸いつく仔豚の群れに。尾の丸まった日本犬とその仔犬に。

そしてその間に少しずつ少女の背丈は伸び、テーブルの下からすっかり身体が現れ、両の肩はしっかりと、腕は太く、手の指は長く力強く成長していきます。髪も伸びて肩につくほどになったけれど、そのりりしい顔つきと目の輝き、赤らんだ頬、そして粘土の汚れは変わりません。もう子供というよりは、娘といいたいほどの年齢に近づいてきているのに、彼女は自分の姿形には少しの関心もないのです。あるのはただ、手にした粘土で作り上げる塑像のことばかり。

いま形を成そうとしているのは、整った顔立ちをした青年の半身像でした。柔らかく波打ち髪に囲まれた秀でた額、見開いた大きな目と柔らかく微笑む口元。目や鼻の形が彼女と似ているが、表情はずっと柔和でやさしく、いっそ女性的なといいたいような印象があります。

「あなたと似ているわね。ご兄弟なの？」

「弟よ」

「やさしい顔をしている」

「弟は、私のひとりだけの理解者だったわ。小さいときからずっとそばにいて、私を励ましてくれた。姉さんは彫刻家になるといいよ、と最初にいってくれたのも弟。彼は頭が良くて、学校の成績も良くて、あたしの知らないことを教えてくれた。でも家の人はだれも、あたしの望みなんてまともに考えてはくれなかった。だからあたし、家のお金を持ち出して東京へ、家出してきた。行き先は弟が調べてくれた彫刻家の先生のところ。そこであたしは内弟子にしてもらって、学校に通うお金はなかったけれど、先生のお仕事を手伝いながら、他にも女中奉公のようなことはなんでもして、そう、この家に暮らすようになったのよ——」

彼女は手を止めました。ふうっとため息をひとつつきながら、テーブルから手を退《ひ》きました。そこには眼鏡を掛けた丸刈り頭の、壮年男性の胸像が出来上がっていました。彼女は眉をひそめ、なにか悩ましげな顔。これまでとはまるで違った表情です。

「この方が、あなたの先生?」

こくり、と彼女はうなずきます。

「先生は、あたしを認めてくれた」

そうつぶやいた声も小さく、他人に聞かれるのを恐れているような、弱々しいささやきでした。これまで彼女は人のことなどどうでもいい、眼中にない、ただ自分が、おのれの意志するところだけが問題なのだといわんばかりだったのに。

「あたしがこの台で粘土をこねて、いくつも塑像を作ってみせると、君には天分があるって、あたし、そんなこといわれたのは初めてだった。認めてくれ、誉めてくれるのは弟だけだったから」

「それまであなたは、師を持たないままで来たのね」

「そう。だからあたしは干からびた干し草みたいに、先生が与えてくれる教えを片端から吸いこんで、呑みこんで、自分のものにした。すると先生が目を見張って、素晴らしいねといってくれる。あたしはそれが嬉《うれ》しくて、そのときは自分の作品を作るより、先生の役に立ちたいと思って。

　知っている？　ブロンズ像を作るには、まず彫刻家が作った粘土製の塑像から、石膏《せっこう》の原型を起こす。これを芯にして押し型とか雌型《めがた》とか呼ばれるものが作られ、次に中型が作られる。中型の表面は削られ、押し型と中型の間に隙間ができる。押し型の中に中型が入れられて、今度はそこに溶けた蠟《ろう》が流しこまれる。押し型を壊して蠟型を外に出したら、最終的な修正。そして供給管と呼ばれる管を取り付けたら、表面を針金で補強した耐火粘土で覆って鋳型《いがた》ができあがる。鋳型が焼かれると蠟は熔《と》けて流れ、中型との間に隙間が残る。その隙間に供給管から熔けた金属を流し入れる。金属が冷えて固まったら、外の鋳型を壊し、中型を取り出し、供給管を削り落とし磨きをかける。これでようやく像が完成するというわけ」

「ずいぶん複雑で、手間のかかる仕事なのねえ」

わたくしもそんな細かいことまでは知りませんでした。たったいま聞かされたことの、半分だって理解できてはおりますまい。けれど熱に浮かされるほどひとつことに打ち込んでいる者のことばというのは、理解できないまでも心を動かす力があります。それにしてもブロンズの原料になる銅や錫《すず》を熔かすのは、相当高温で熱さなくてはなりますまい。木の床の作業場では火事になりそうな気がします。

「そんな作業まで、このアトリエでやっていたの？」

「ううん、違う。彫刻家というのは、普通そこまではしないものなんだって。塑像から石膏の原型を起こすのさえ、専門の職人にまかせてしまうくらい。先生もそうだった。でも、それを物足りなく思っておられるのはわかったから、あたしはその先のことも習ってみようと思って、石膏の型どりはすぐにやり方を覚えて先生の作品に手を貸せるようになったし、鋳物師の仕事場にも足を踏み入れた」

「教えてもらえたの？」

「ここは女人禁制だって、すごい勢いで怒られて追い出された」

彼女は鼻に皺《しわ》を寄せて、悪戯《いたずら》小僧のようにくすっと笑いながら肩をすくめました。

「でもあたし、しつこいから。ぶん殴るぞって怒鳴られるのも、あばずれって罵られるのも全然平気だった。それで追い出される前に少しずつでも盗み見して、覚えて、とうとう向こうを根負けさせた。もちろん先生の後押しがあったからだけど、鋳造の一部始終をそばで見ていることができるようになって、あたしひとりで大きなものを鋳造するのは到底無理だけど、先生が作られる小品についてはまかせてもらえるようにさえなった」

「それは大したものだこと」

「先生はどんどんあたしを認めてくれて、迷ったときはあたしに『君ならどう思う』なんて尋ねてくださる。男のお弟子さんたちは、先生からそんなことを聞かれると驚いて恐れ入ってしまって、大仰にへりくだってなかなか口を開かなかったけど、あたしは平気で思ったことをいった。それを先生は喜んでくれて、君は弟子というより私の助手だねとまでいってくれて。でも、君も私を手伝うだけでなく君の作品を作らないといねって。だからあたし、頑張った。夜も寝ないで」

　語る内にも少女は成長を続け、すでに立派な成人した女性でした。上背があって、力仕事を毎日しているにふさわしく肩が広く、二の腕が太く、けれど顔立ちには子供のときの強い目力ときっぱりした鼻筋、意志の強そうな口元がそのままでした。そして彼女の手の下で卓上の粘土は再び形を変え、いまわたくしの目に見えてきたのは横たわって目を閉じた美しい若い女の像でした。幸せな笑みを含んだ寝顔、ゆったりと伸びた四肢、愛らしく膨らんだ胸。今日の憂いも明日の不安も知らず、甘《うま》し眠りに漂う幸せがそこにはありました。

「これがあなたの作品？」

「そう。先生は女性像、それも裸像を作ることはなかったから、先生の真似だっていわれないように、わざとそういう主題を選んだんだ。モデルは他にいないから、あたし自身。タイトルは『まどろみ』。顔は似てないよ。あたしはこんなに美人じゃないものね。それはともかく、この作品で国展に入選を果たして、だれより先生はすごく喜んでくれたんだけど……」

彼女の双《そう》の目が暗く陰っています。結果がどうだったかは、その表情でだいたい想像がつくと思ったのですが、それはただ良い評価を得られなかった、ということではありませんでした。

「あたしは先生の内弟子で、世話になって手取り足取り面倒を見てもらっている子供みたいなもので、初入選も先生の推薦があったからで、それだけじゃない、あれは先生の作ったものじゃないかとまでいわれたの。作風が似ている。よほど手を貸してもらったに違いないって」

「まあ、それは」

ひどいこと、とわたくしはいおうとしましたが、それより前に彼女が声を張り上げていました。

「でも裏では、もっとひどいことをいわれていたんだよ。あたしは先生の家に押しかけたずうずうしい田舎女で、追い出されないように身体で先生を誘惑して愛人になったんで、先生を骨抜きにして、騙《だま》して、芸術家になりすまそうとしている詐欺師なんだって、そんな噂《うわさ》が流れたんだから！」

見開いた大きな目が、血走ってぎらぎらとひかっています。ゆがんだ唇が震えて、頬はまだらに赤く染まっています。泣いてはいませんでした。その目はひび割れるほど乾いていました。粘土で汚れた手を挙げて顔を覆っても、そこから嗚咽《おえつ》は聞こえません。ただ、震えているばかりです。わたくしは知っています。人は、いくらかでも心に余裕がなくては泣けないものです。あまりに悲嘆が強ければ、おのれを哀れむよりも怒りが先に立ちます。そのとき涙は溢《あふ》れる前に干上がってしまうのです。

「噂の出所は外部じゃない、先生の兄弟子たちの中からだった。それを知ったとき、あたしは驚かなかった。最初から嫌がられ、馬鹿にされて、隙あれば追い出そうとしている人たちは何人もいたから。けれどあたしはもう気がついていた。その人たちの後ろに、もうひとり別の人がいたということが。最初に顔を合わせたときから、その人はずっとあたしを疑っていた。あたしと、先生のことを」

「それは、つまり」

わたくしも慎重にならずにはいられませんでした。

「あなたと先生が男女の仲になっていると疑っていた、ということね？」

「いうまでもない、根も葉もない馬鹿げた疑いだよ。先生はあたしより二十以上も歳上で、親切で尊敬できる師で、あたしに他の考えなんかなかった。なのにあの人はあたしたちがそんなことになっていると思いこんで、兄弟子たちに様子を探らせていた。いいえ、どっちが先だったかはわからない。兄弟子の誰かが、その考えを吹きこんだのかも知れない。『先生とあの女は、ロダンと彼の女弟子のようですよ』って」

オーギュスト・ロダンとカミーユ・クローデル。有名ですからそれくらいのことは、わたくしだって知っています。子供の頃から独学で像を作ってきたカミーユは、十九歳のときに四十三歳の彫刻家と出会って彼の弟子になり、下彫り職人から共同制作者となり、ついには彼の愛人ともなった。しかしふたりが結婚することはなかった。ロダンには教会で誓い合ってこそいなかったが、世間に認められるまでの彼を、長年お針子をして支えてきた糟糠《そうこう》の妻がいたからです。ふたりの間には子供さえいた。ロダンは恋多き人で、カミーユの前にも、後にも愛人がいて、芸術家として令名を上げ、上流階級の夫人たちからちやほやされて、しばしば数年にわたって妻を置き去りにしてきたけれど、老いた妻は忍耐強く夫を待ち続け、そんな妻と別れることはロダンにはできなかった、といいます。

「先生は日本のロダンと呼ばれることもあったけれど、お人柄は全然違う。人格者だった。奥様の疑いは根も葉もなかった。それにあたしは先生を尊敬していたけれど、恋なんてしていなかった。そうよ。先生だけでなくだれに対しても、あたしは恋なぞ知らない。あたしが恋しているのは、あたしの手が作り出すものだけ。あたしが求めるのはこの技術を高めて、思いのままを表すことだけ。それだけだった」

「先生は、あなたを信じてくれたのじゃなくて？」

「そう、思っていた。そして先生が信じてくれるなら、どれだけ針の筵《むしろ》に座らされても、ここで頑張れると思った。先生はちっとも悪くない。でも、あたしの作品はいつも先生との関わりでしか評価を受けられない。そのことが耐えられなくなってきていた。その上あたしと先生の関係が、先生にとっても醜聞になっているって聞いて、これ以上意地を張っている場合じゃないと思った。だからあたしは先生の元を離れた。

ひとりになって、でもあたしには他になにもないんだから、なんとか彫刻家の仕事を続けていこう。そして先生の助けなしでも、評価を得られるような作品を生み出してみせよう。そうしたらまた先生と会える。そうすることが一番の恩返しなんだって、他には道がないって」

彼女の気持ちはわかります。けれど、それほど簡単なことではないというのも確かです。芸術を生み出すには、お金がかかる。特に彫刻では、若い女がひとりで働いて、おのれを食べさせるだけでもなまやさしいことではないでしょうに、アトリエの場所を手に入れ、粘土や石膏、そして青銅の鋳造費用。門外漢のわたくしでも、想像しただけで胸のふたぐ思いがいたします。

ロダンとの恋を諦めて、袂《たもと》を分かったカミーユにとっても、それは同じでした。愛人として情深いけれど煮え切らないロダンは、当時すでに肖像彫刻の注文が殺到する人気作家。いっときロダンの愛弟子として注目を浴びた彼女は、玄人筋の評価はそれなりに上がったものの、世間的な人気を獲得することはできず、愛した男に裏切られた苦しみに加え、芸術家としての敗北感に苦しめられなくてはならなかったのです。

そして経済的な苦境が、じわじわと彼女の喉を絞めていきました。人間は幸せであるために、決して過剰な金銭は必要ではありませんが、些細な日用の費《つい》えにも事欠くとなると、重すぎる荷を背にくくりつけられたように次第に消耗し、誇りをなくし、心を病んでしまうものなのです。わたくしの前に立つ彼女も、いまや無惨に面《おも》やつれ、頬からは肉が落ち、まだ娘といえる歳のはずなのに、口の両側には刃物で切りつけたような皺が深々と刻まれていました。けれど彼女の目は再び輝き、飛び出た頬骨の上には高ぶりの血の色があざやかに浮かんでいました。

「そうしてあたしはやり遂げた。あたしだけの作品、子供のとき、山の粘土を掘ってきてこねて、竈《かまど》で焼いたウサギや仔馬のように、あたしの思いを、先生から与えられた技術で形にして——」

いまテーブルの上にあるのは、粘土の塑像ではなくブロンズ鋳造の元となる石膏の原型でした。大理石のような純白で表されているのは、彼女が初めて国展に出品し、入選を勝ち得た『まどろみ』と似た、横たわる若い娘でした。けれどあちらでは手足を無雑作に投げ出して、無垢《むく》な眠りの中に漂っていた少女は、こちらではそれよりも成熟し、姿勢を変えようとしていました。

左の肘を身体の横に下ろし、頭は枕から浮いています。二本の脚は膝から曲がって、もう立ち上がる用意ができています。けれど彼女はまだ眠い。浮いた肩の間で、頭は少し前向きに垂れかかって、そのままもう一度後ろへ、枕へ吸いこまれてしまうかも知れない。顔を見ればまぶたは閉じていても、口はわずかに開きかけて声が洩れてきそうにも見えるのですが。

「前の作品が『まどろみ』なら、こちらは『めざめ』かしら」

わたくしがいうと、彼女はにやっと笑い返しました。

「そう。この表情をどうするか、目は開けるか、薄目か、閉じたままか。唇はどうするか、ずいぶん迷ったのよ。でも、右手のポーズをこうした以上は、もう目が覚めかけていると思う方が自然かなと思って」

彼女が言い訳するようにつぶやいた、そのポーズというのは身体の上から持ち上げて、たゆげに前に向かって差し伸ばした右腕でした。指は開いています。手の中にあるはずのものを、だれかに差し出すように？　いいえ、手のひらは縦になっていますから、そうではありますまい。誰かに向かって手を伸ばしているのです。その手を取って、自分を眠りから引き起こしてくれるだろう、もうひとつの手に。

目は開いていなくても、その人がすぐそこにいるのはわかっている。その人が自分を見守っていてくれ、起こしてくれるだろうと思っている。まだ半ば眠りの中にたゆたっている表情に浮かんでいるのは、その人への信頼、愛、そして甘え。触れて、私に触って、と。彼女は心から相手を信じて、少しの疑いも持っていないのです。

「これも、モデルはあなた自身ね?」

「身体つきはね。モデルを雇うようなお金はないから」

ハッ、と彼女は顎をしゃくって自嘲《わら》いました。

「顔もあなたのものに見えます」

「だから、目鼻立ちはあたしだよ」

「表情は」

「芝居をしたようなもの。そもそも目を閉じたときの自分の顔なんて、見えやしないんだから。そうだろうっ?」

「普通の人間なら。でもあなたは手で触れて、表情を読み取って再現できるのじゃないかしら。自分がモデルなら、それが可能でしょう?」

わたくしがにっこり笑ってそういうと、しばらく黙っていた彼女はようやくうなずいてみせましたが、

「だから、芝居をしたようなものだよ。眠りが覚めて、まだ眠いって思いながら身体を浮かして伸びをした、そんな間抜けた顔ってだけさ」

そういいながら赤らんだ顔を伏せたのは、もちろん自分のことばが嘘だとわかっていたからです。人は、知らない表情は作れません。覚えのない感情を自在に湧かせて、表情に刻むことができたら名優です。彼女には、愛し、信じ、その人にならば甘えて無防備な自分を晒《さら》し、手を求められると思う相手がいた。それがだれかということは、尋ねるまでもないことなのでしょう。でも、わたくしにはまだ見えていません。なぜわたくしはここに来なければならなかったのか。風呂敷包みの中のそれが、なにを求めているのか。

「ああ、そうだよ。あたしの思い浮かべていたのは、先生だよ」

彼女は投げ出すような調子でいいました。

「だって仕方がないじゃないか。生まれてこの方、あたしのことを思いやってくれた人なんてほとんどいなかった。母親も父親も口を開けば、可愛げのない生意気な子供だって、仲が良かった弟も、大人になってからは縁遠くなった。お役人になっ

たから、わけのわからないことをしている姉がいるなんて、有り難くなかったんだろうけどさ。

先生だけだったよ。あたしに微笑んでくれたのは。そしてあたしを認めてくれたのは。素晴らしい才能がある、努力家だ、腕がいい、私の右腕だ、迷ったときには君の意見が聞きたい。君の目はまるで灯台の光のようだ。私の前の暗闇を照らして、行き先を指し示してくれる。そんなことばを聞かせてくれたのは、先生だけだった。そのことばが、あたしの支えだった。

ああ、そうさ。そんなふうにいわれて、相手を好きにならずにいられるものかい？　親にだって満足に誉められたことのない子供がさ。もしかしたらその中に、女が男を恋するような気持ちがいつの間にか生まれて、混じっていたのかも知れない。

恋というなら初めての恋。あたしは先生が好きだった。でもあたしたちの間には、オーギュストとカミーユみたいなことはなにひとつありゃあしなかった。あたしが勝手に思っているだけなら、愛人でもなんでもない。奥様にだって恥じるところはない。でも、あたしは急に不安になった。この像を人が見たら、誤解されるだろうか。あたしの気持ちがばれて、先生に迷惑をかけることになるだろうか――」

不意に彼女はことばを途切れさせました。顔が上がって、だれかを見つめています。わたくしの目には見えないだれかです。けれど唇が動いて「先生」とつぶやくのが見えました。眼が揺れます。歓びと畏《おそ》れ、期待と不安、光と影の交錯。

「『素晴らしい』、先生はそういってくれた。『ついにやったね。君は見事におのれの力で花開いたね』」

けれど、なぜでしょう。先生の賞賛のことばを口でなぞりながら、彼女の表情は次第に苦痛の色を濃くしていくのです。

「『君は私の一番弟子、いや、共同制作者といってもいい。どうか戻ってきておくれ。この作品は鋳造に出して今年の国展に出品しよう。ただの入選ではない、なんらかの賞を与えぬわけにはいくまい』――そういわれて、あたしは大喜びするはずだったのに、なぜか歓びは湧いてこない。だって、このまま先生のところに戻ったらなにがあるか、あたしはとてもはっきりとわかってしまった。

先生の誉めことばは、自分の愛人の内弟子を引き立てていると曲解されるだろう。兄弟子たちはますます嫉妬し、奥様はあたしを疑うだろう。世間の誰もあたしを、ひとりの独立した彫刻家とは見てくれない。先生の一部だとしか思われない。そしてもっと悪いのは、この像を作ることであたし自身が、あたしの気持ちに気づいてしまったこと。あたしは先生に恋している。だからあたしはもう、奥様の疑いを撥《は》ね付けられない。後ろめたさを覚えずにはいられない。表情を取り繕うのも大の苦手だもの。こんな気持ちで内弟子に戻ることなんてできるはずがない！」

彼女は叫んで、両手で頭を摑みます。無雑作に丸めて髷《まげ》にしてあった髪が乱れるのを、かまわずに搔きむしります。

「なのに、先生はなにも気がつかない。やさしいことばをかけてくれても、あたしの気持ちなんか知ろうともしない。あの人の中にあるのは、あたしなんかよりもっと仕事のことだけなんだもの。いっそ気づいてくれたら。ロダンが女弟子を愛したように、あの大きな手であたしに触れてくれたら、あたしは奥様とも兄弟子たちとも闘って、先生の唯一の伴侶になろうと努めることだってできるのに」

一度ふっと黙りこんだ彼女は、両手で自分の髪を摑んだまま、

「いいえ。それは駄目！」

叫びます。眉がきつく寄せられ、唇が左右に裂けます。指に絡まれて伸びた左右の髪が、まるで鬼の角のようです。

「あたしがなりたいのは先生の奥さんじゃない。ひとりの彫刻家よ。でも先生の側《そば》にいれば、どうしたってあたしは先生のために働くことになる。あたしの作品のた

めに使われるはずの、あたしの力が、あたしの時間が、先生のために使い尽くされていく。先生はまるで強すぎる磁石みたいに、あたしの中のものを惹きつけ、吸い取っていく。あたしは自分から進んでそうしてしまう。

それは先生が悪いわけじゃない。でも先生に守られていれば、だれもあたしをあたしとしては認めてくれやしない。あたしは先生の助手で愛弟子というだけ。それがどうして先生にはわからないの？　先生が欲しいのは結局、自分に手を貸して助けてくれる従順な助け手だけじゃない」

疑いが彼女の声を低く、老人のようにしゃがれさせていました。

「それでもあたしは先生に恋してる。恋なんてあたしには無用のもの。あたしは仕事をするふたつの手と、目玉さえあればいいのに、そんな鎖であたしを縛りつけて、なのに気がつきもしない先生が憎い。憎い。憎い。憎いーっ！」

自分で自分のことばに激昂したように口を裂いて絶叫した彼女は、突然頭から手を放しテーブルの上の石膏像に飛びかかりました。両手でそれを持ち上げると、力いっぱい床目がけて叩きつけたのです。石ではないのですから、像はあっけなく砕け散ります。あーっ、という悲鳴のようなものが、どこかで聞こえた気がしましたが、

「なによ、それはッ」

キッ、とわたくしの方を見返った彼女の視線が捕らえていたのは、わたくしが小脇に抱えたままだった風呂敷包みでした。それがカタカタと内側から震えていて、声を放っているようなのです。

「なにを隠し持っている。見せなッ！」

彼女はいきなり獲物を狙う獣のように、わたくしの抱えている包みに飛びかかりました。けれどそれは自分からわたくしの脇を飛び出し、木張りの床の上を転がっていきます。自然と布がほどけ、現れた黒ずんだけんどん箱。その蓋を内から突き破るようにして現れたのは、男の腕でした。

床に転がり出したのは、肘のあたりで切断された右の腕の、ブロンズ製のそれです。若者のものではない、それなりの年齢を経て静脈が浮き出た、筋張った腕です。けれどしっかりと筋肉が付いていて、節くれ立った長い指も力強く映ります。それがわたくしをここまで連れてきたものでした。あの新聞記事を読んでから、夜ごと動いてもがいてなにかを伝えようとしていた腕でした。

「これは、あなたの先生の作品？」

「知ら、ない――」

彼女は小さくかぶりを振りました。

「こんなの、見たことない。でも」

「でも?」

「手のかたち、指のかたちは、先生のものに似て、る」

石膏の破片の中に横たわった、黒ずんだブロンズの男の腕。ただその一片のブロンズの、なんという圧倒的な存在感でしょう。石膏のかけらと粉にまみれながら、あまりにも堂々と、力みなぎる腕です。それは彼女の石膏像の無惨な断片たちの上に君臨し、伸ばした指でそれを愛撫するようにも見えます。

今度ああっと叫んだのは、彼女の方でした。

「駄目。駄目だよ。触らないで。触らないでってば」

幽霊と呼んでいいのか、半ば透き通った乳色の硝子《ガラス》のようだった彼女は、身悶《みもだ》えながら悲鳴を上げながら、やがて頭を抱えてうずくまり、白く固くなって、大理石の塊のように変わって、床の上に苦しげな姿勢のまま横たわっています。それは彼女の作品だった『まどろみ』とも『めざめ』とも似た女の裸身像で、けれどそこには安らぎも自足もなく、全身は痙攣《けいれん》するようによじれ、のけぞった顔は苦痛にゆがみ、まぶたは固く閉ざされ、両手はなににも触れまいというように胸の前で握り合わされているのです。それは彼女を捕らえた苦悩と狂気の像でした。

わたくしは再び、オーギュスト・ロダンとカミーユ・クローデルを思い出さずにはいられません。師と別れた彼女の後半生は、語るも悲しく辛いものでした。貧しさが彼女を追い詰め、心を蝕《むしば》み、かつて熱烈に愛し合った恋人、ついに妻を捨てず彼女を裏切った芸術家への恨みは、彼から攻撃され自分の作品を奪われるという、強烈な被害妄想へと変わっていって、だれの目にもその奇行が目に見えるようになっていきました。家族の中で唯一、彼女の味方だった父親の死を待っていたように、精神病院に収監されて、以後の三十年、死までの時間を壁の中で暮らすことになったのでした。

日本のロダンの女弟子が、その後どんな人生を送ったのか、わたくしはなにひとつ知りません。わかるのはただ、わたくしの店に流れ着いた腕の像が、たとえ銘はなくとも間違いなくこのアトリエの主の作品であり、それがわたくしをここまで連れてきた、ということばかりです。そしてそのわたくしの前に、女弟子は姿を現した。彼女の思いの丈《たけ》を、わたくしに向かって表してくれた。ならば、このままで終わってしまうはずはありません。この世に思いを残しているのは、彼女よりもむしろ腕の作り手、彼女が幾度となく「先生」と呼んだその人のはずです。

ふいにわたくしはそこに立っている存在を感じました。白く固い横たわる裸像と化してしまった彼女を挟んで、その向こうに立っているようです。黒い、老いた男と思われましたが、影法師のようで形は一向はっきりとはしません。ですがその者が、あのブロンズの腕を胸に抱え持っているのは見えました。

「あなたが、わたくしをここに呼んだのですか。いえ、正確にはあなたの作品である腕を、ここへ運ばせたのですか？」

わたくしはことばをかけましたが、それが影の耳に届いたようには見えません。彼は顔をうつむけて床の上の白い像に目を落としたまま、ゆっくりと右手を伸ばしました。すると、その手の下で冷たい石の像が震え、弱々しく身をよじったのです。仰《あお》のいた顔がわずかに、子供がいやいやをするように左右に振れます。影は口を動かして、なにごとか語りかけているようですが、その声はわたくしの耳には届きません。けれどかたくなに閉じていた石の像の姿勢が少しずつ緩み、握りしめていた手が開いていくのが見えます。堅いつぼみが少しずつほころんでいくように。

そして、その腕が胸の上を離れ、もたげられていく。伸びていく。けれど、その動きは途中で止まった。凍りついた。霜に打たれた若い枝のように。求め、請い願うように伸びた右の手は、それ以上前に行くことができない。

黒い影からも、ためらいがちながら手は差し伸ばされていました。強張った身体を折り曲げるようにして、黒影は白い像の手を取ろうとしていました。そうして差し伸ばされた手のかたちは、あのブロンズの右腕そのまま。けれど、もう少しでふたつの手が出会う、触れ合う、と思った刹那——

石の像は砕けました。

わたくしの耳はあの女性の、声なき叫びを聞いたと思いました。

——駄目、触らないで！——

という。

頭を一振りして見直せば、作業台の上に白木のけんどん箱とブロンズの腕が置かれています。黒い影としかわたくしの目には映らぬその者の手が、墨を浸した筆をもって箱の戸に文字を書こうとしています。迷って、逡巡《しゅんじゅん》して、ようやく書いたのは『はつこひ』の四文字。けれど筆はあわてたようにそれに縦棒を引き、『手』と書き『ふたつの』と書き足します。

作られた手は男の手ひとつでも、その手は自分に向かって差し伸べられたもうひとつの手を取るためにあった。親ほども歳の離れた女弟子を、彼もまた恋していた、それは自分の初恋でもあった、というのでしょうか。けれど、『はつこひ』の文字を消した手は、横に書き足した『ふたつの』を塗り潰し、結局は総《すべ》ての文字を黒々と塗り消して掻き消えました。

後に残っているのは、うっすらと埃を纏《まと》った木の作業台の上に置かれたけんどん箱と、無雑作に転がったブロンズの腕ばかり。高窓からうっすらと月の光が射して、あたりにはなにひとつ動くものもありません。

それからどうしたって、風呂敷だけ拾って後はそのまま、ええ、帰って参りましたよ。それ以上、わたくしにできることはなにひとつありゃあしませんから。そして翌朝になってから台帳を確かめましたら『ブロンズ製腕　無銘　桐箱入り』という記載は確かにあって、それは店からなくなっていました。どうしたかって、縦棒を引いて消しておしまい、です。

そうそう。その高名な彫刻家先生のアトリエは、耐震工事を終えたら再公開されることに決まったと、また新聞で読みましたっけ。そこへ行ってみたらあの腕が展示されているかどうか、さあねえ。何年か先でしょうから、わたくしもきっと忘れちまいますよ。忘れてしまった方が、いいことなんですよ、たぶん。

最初で最後の初恋

矢崎存美

矢崎存美（やざき・ありみ）

埼玉県生まれ。1985年、星新一ショートショートコンテスト優秀賞を受賞。著書に「ぶたぶた」「神様が用意してくれた場所」「食堂つばめ」「NNNからの使者」シリーズ、『繕い屋　月のチーズとお菓子の家』などがある。

大学二年生の時に、親友の泰一《たいいち》が留学することになった。

「どこに？」

「イギリス。田舎の方だけど」

「へーっ！」

うらやましくなんてないぞ！

「それで、悠矢《ゆうや》にちょっと頼みたいことがあるんだ」

「何？」

「ばあちゃんなんだけど」

泰一と悠矢の出身は同じ街だ。現在、二人とも都内の別の大学に通っている。悠矢は寮に入っており、泰一は実家から通っている。通えない距離ではない。

「そういえば、月に一度ばあちゃんと出かけてるって言ってたな」

泰一はおばあちゃん子で、今も近所で一人暮らしをする祖母を気遣って、月に一度くらい一緒に出かける。

「そう。それを悠矢にやってもらいたいんだ」

「俺が？」

泰一の母方の祖母・千鶴子《ちづこ》さんとは、昔はよく会った。それこそ幼稚園とか小学生の頃は、叱り飛ばされたことも多々ある。いわゆる悪ガキ同士でつるんでいたものので。背筋がピンと伸びた厳しい人だった。でも、かわいがってもくれた。おいしいごはんをごちそうしてくれたり、内緒でアイスをおごってもらったりもした。

中学高校くらいになるとさすがに家にお邪魔することはなくなったが、近所だったので、よく挨拶したり、道端でちょっと話したりしていた。

小さな喫茶店を夫婦でやっていたが、十五年前に旦那さんを亡くし、それからずっと一番下の次女・秀美《ひでみ》さんと一緒に店を切り盛りしていた。秀美さんが結婚したのを機に、引退したという。店は今、秀美さん夫婦がやっている。レトロ喫茶ブームに乗って繁盛しているそうで、たまに手伝っているようだ。長女（泰一の母）と長男は結婚して家を出ている。

趣味や友だちとの旅行に時間を割けるようになった千鶴子さんは、泰一が大学に入った頃から月一で「デート」に誘うようになった。それを泰一も楽しみにしてい

たので、

「月一とは言わないけど、たまには連れ出してくれないかな。ばあちゃん、悠矢のこと気に入ってるし」

「いいよ」

気軽に返事をする。

「じゃあ、メッセしとく」

泰一のメッセージからまもなく、返事が来る。ほほう、スマホも使いこなしているとは。

「あ、すげー喜んでる。お前からも何か言ってやって」

とメッセージのＩＤを教えられる。

『こんにちは。お久しぶりです、悠矢です。泰一くんからＩＤ教えてもらいました。これからよろしくお願いします』

無難なメッセージを送ると、

『千鶴子です。有難うございます。こちらこそおばあちゃん相手なんて悪いけど、よろしくお願い致します』

あまり見ない漢字があって、面白い。

「おばあちゃんっていくつだっけ?」

「えーと……」

と泰一は脳内計算をして、

「六十五かな」

六十五歳か。今十九歳の自分たちの四十六年後。想像もつかない。

「え、じゃあおばあちゃんは四十五歳くらいで孫を持ったってこと? それもすげーな」

泰一が驚いたように言う。ますます想像がつかない……。

「どこに連れていけばいいのかな?」

「ばあちゃん元気だし、東京でもいいよ。俺は家が近いから一緒に行ったけど、元々一人でどこでも行く人だから、待ち合わせしてさ」

まあ、彼女とも別れたばかりだから、時間だけは充分ある。どこに案内するかは、千鶴子さんに訊《き》いて考えよう。

泰一は無事にイギリスへ旅立った。一年で帰ってくる予定だ。

それから一ヶ月後、悠矢は千鶴子さんにメッセージを送った。

『どこか行きたいところはありませんか？』

小さい頃はもちろんタメ口だったが、さすがに今はそういうわけにはいかないだろう。

すぐに返事が来る。

『悠矢くんは、甘いものとか食べるのは大丈夫？』

『大丈夫です。好きですよ』

『泰一はかわいいお店とかちょっと苦手で。もし平気なら、そういうお店に行きたいです』

千鶴子さんは甘いもの好きかー。泰一は、高校時代くらいから甘いものが苦手になったし、女子しかいないような店に入るのはかなり抵抗する。好きな女の子と一緒だと我慢するみたいだけど、祖母には甘えが出るのか。

『泰一とどんなところに行ったんですか?』

『身体を動かすようなのが多かったですね。ハイキングとか、軽い登山とか。ボルダリングにも連れてってもらいました。楽しかったです』

うわ、すごく活動的な人なんだ。自分はどちらかといえばインドア派だし、おばあちゃんだからそういうのに誘おうと思っていた。美術館とか博物館とか。でも、甘いものが好きでよかった。

『じゃあ、タピオカミルクティーとかどうですか?』

『あー、また流行《はや》っているのよね? 実は飲んだことがないのです』

ということで、初めての「デート」は原宿にタピオカミルクティーを飲みに行った。そこはかわいいパフェもある。メニューを見て、千鶴子さんは目を輝かす。もちろん、それも注文した。

「もちもちしているわ」

タピオカを食べてそう笑う千鶴子さんは、昔の印象とだいぶ変わっていた。子供の頃はよく怒られたので、すごく大きい人と思っていたのだ。中学生になるとさすがにこっちの方が背を越したが、こんなに小さい人だと認識していなかった。会っていなかったわけじゃないのに。

「喫茶店やってる時は、行きたくても食べ歩きの時間取れなくて。食も細くなってるでしょ？　いろいろ食べたくても残しちゃったりするの。泰一に食べてもらおうとしたんだけど、がっつり系は喜んでも、こういうところはいやがってねえ」

カップルを除けば、ほぼ女子の店内だった。自分は割とこういうの平気なのだ。入るまでは少し迷うのだが、入ってしまえば大丈夫。

千鶴子さんとはそれ以降、都内の有名スイーツ巡りを月一回のペースで行なった。ケーキ、チョコレート、かき氷、パンケーキ、和菓子処《どころ》など。どこでも楽しげで、すべてペロリと平らげた。「食が細い」なんて嘘だろ？

「この日以外は質素な食生活よ。そうしなきゃ病気一直線だから」

とてもそうは見えない。かなり健康そうだ。

「地元でも行きたいところがあるんだけどね」

「いや、実家にもついでに帰りますから、いいですよ」

「わざわざ帰ってきてもらうのは悪いわよ。一人でも行けるのに、ちょっとそれだけじゃもったいないって思っちゃって」

どういうところなんだろうか。

「気が向いたら誘ってください」

「ありがとう」

そう言っても、なかなか誘ってくれなかったが、半年ほどたった頃、ついに、

「行きたいって言ってた地元のお店に、来週どう?」

と連絡が来た。

「いいですよ。どこですか?」

「あのね、映画館なの。名画座」

聞き慣れない言葉に、悠矢は首をかしげる。

「昔見た映画が今やってるから、それにつきあってもらえる?」

「いいですよ」

映画かー。久しぶりだな。しばらく見ていない。映画はデートで見るもの、みたいに思っているところが、自分にはあると気づいたりして。

悠矢の実家のある街は、鉄道の路線が三つ通っていて、それぞれの駅はそれほど離れていない。自分や泰一の実家近くの駅はＪＲで、駅前にはスーパーや駅ビルなど、にぎやかな店が並ぶ。千鶴子さんの喫茶店も、駅から続く商店街にある。実家近くは静かな住宅街だ。

そこから少し離れた私鉄の駅が二つ並ぶようにある地区は、いわゆる観光地であり、休日にはたくさんの人が街歩きにやってくる。名画座はそこの名物商店街にあるという。

「新しくできたところなの。二年前くらいかな」

久しぶりにこっち側に来たな、と思いながら、悠矢は千鶴子さんと歩いていた。

「映画館とカフェがあってね。特にカフェの評判がいいから一度食べに行きたいと思ってたんだけど、娘の結婚とか店の引き継ぎとかいろいろあって、なかなか行けなくて。カフェだけでも利用できるんだけど、せっかくだから映画も見たいじゃない？　やっぱりセットになってどうなのかっていう雰囲気も見たいし——あ、ここよ」

　小さな映画館だった。コンクリート打ちっぱなしの外観はけっこうおしゃれ。一見すると映画館とは思えない。

　悠矢は実はシネコンにしか行ったことがない。スクリーンが一つしかない映画館に入るのは初めてだ。入口付近のポスターを見ると、週替わりとか月替わりで映画は替わり、一夜限りとかレイトショーとか、そういう特別な企画上映もしているらしい。

「〝名画ピラニア座〟、ですか?」

　変な名前。

「なんでこんな名前なんですか?」

「さあねえ、どうしてかしら。わたしも入るのは初めてなのよ」

　中に入り、カウンターでチケットを買う。今やっている映画は、『ロマンシング・ストーン 秘宝の谷』。何これ? 知らない映画だ。

「『バック・トゥ・ザ・フューチャー』の監督の人の映画よ」

「えっ、それは知ってる! めっちゃ面白いですよね!」

　見たことある!

「それの一つ前に作った映画なのよ」

「え、くわしいですね。千鶴子さん、映画好きだったんですか？」

「そういうわけじゃないの。この映画のことだけちょっと気になってただけなの」

それでも充分くわしいように思うけど。

「まずは映画を見て、そのあとカフェで名物のパンケーキをいただきましょう」


『ロマンシング・ストーン 秘宝の谷』という映画の物語は——歴史ロマンス作家のジョーン・ワイルダーが、行方不明の姉を探しに南米へやってくる。そこで出会ったうさんくさい冒険家ジャックと、次から次へと襲いかかるトラブルを切り抜けていく——という話だ。

『バック・トゥ・ザ・フューチャー』の監督作ということでけっこう期待したのだが、思っていたのと違っていた。南米のジャングルを舞台にしたアクションものかと思ったら、ラブコメだった。軽いテンポは『バック・トゥ・ザ・フューチャー』を思い起こすが、最近のバッキバキのアクションものと比べるとかなり軽い。いや、ゆるい？　コメディってあまり見ないから、笑いどころもよくわからなかった。

「どうだった？」

と千鶴子さんに訊かれて、悠矢は正直に答える。すると千鶴子さんは笑って、

「そうねぇ。わたしは初めて見た時、『なんて面白いんだ！』って思ったのよ。二度目に見た時は、悠矢くんみたいに思ったわ。『あれ、思ってたのと違う』って。評価に思い出が上乗せされて美化されていたというか――三回目見た時に、ようやく定まった感じね。それからも何度か見ているけど、何度見ても笑顔になれて、楽しい映画よ」

今いるのが、彼女が来たかったカフェだ。店名は「カフェ・ピラニア」。そのまんまだ。

そのまんまと言えば、実は映画館のロビーに大きな熱帯魚の水槽があり、そこに本当にピラニアがいた。

「だからか！」

思わず言ってしまった。ピラニアは銀色の小さめな魚で、あまり凶暴そうには見えない。スタッフに訊こうか迷っているうちに、上映時間になってしまった。できたてのポップコーンが売っていて、見ながら食べた。とてもおいしかった。ポップコーンはカフェでも食べられるそうだ。

カフェ・ピラニアは、パンケーキの他、いろいろなものがおいしい、とネットの

口コミに書いてあった。席もけっこう埋まっている。もちろん映画を見なくてもカフェは利用できる。上映中の映画にちなんだメニュー（『ロマンシング・ストーン』は舞台がコロンビアなので、その郷土料理だった）なんかもあるが、

「わたしは窯焼きパンケーキにするわ」

よほど食べたかったんだろう。ていうか、喫茶店の元店主としては当然か。評判のいい地元のカフェは偵察に来なきゃと思っていたんだろう。

「ピザもおいしいって書いてあるから、それを分けませんか？」

「そうね。パンケーキはけっこう時間がかかるって書いてあるし、ピザの方はすぐ焼けるみたいだから、そっちを食べてからパンケーキも分けましょうか」

コーヒーもコロンビアの豆を使ったスペシャルだったので、それを選ぶ。

「窯焼きパンケーキとマルゲリータと、映画ブレンドを二つください」

さっとコーヒーが運ばれてくる。とても香り高い。

「あ、おいしい」

千鶴子さんはひと口飲んでつぶやくが、「うちの方がおいしいけど」と小声で付け加えた。

千鶴子さんの喫茶店はコーヒーがおいしいと評判だ。あとはボリューミーなホッ

トサンド。特注のグリルで焼くホットサンドを求めて休日は行列もできる。特に人気なのは、ローストポークとチーズ。小さい頃はよく食べさせてもらった。具がたっぷりで、パンもおいしくて、大好きだったな。

ピザもすぐにやってきた。本格的な石窯焼きらしく、端はカリッとしたもちもちの薄い生地とクセのないモッツァレラチーズがとてもおいしい。小ぶりだが、安い。

「うーん、おいしいね、ここは。うちと離れててよかった」

思わず千鶴子さんの本音も出る。

パンケーキは、小さいフライパンに入ってやってきた。ふくらんだパンのように見える。ザクザクとナイフを入れるとぼわっと蒸気があふれる。

「中はふわふわだわ。おいしい。これはうちでは無理ね」

千鶴子さんは幸せそうな顔をする。彼女は本当に食べることが好きだ。

「それって、絵本に出てくるカステラみたいですね」

「ああ、『ぐりとぐら』。よくあなたたちに読んだわね。泰一は何度もそこを読んでってせがんだくせに、大人になったら甘いものが苦手になるなんて」

二人で笑う。昔はあいつも食いしんぼうだったなあ。いや、今も変わらないけど。

パンケーキも半分もらった。表面がカリカリしている。なんで？

「砂糖が溶けて、キャラメリゼになってるのよ」

「キャラメリゼ?」

「うーん、焦げてる……おこげみたいなものよ」

「ああ、なるほど。それはおいしいやつですね」

カステラを食べるぐりとぐらを思い出して、ちょっとなつかしい気分になる。

「今日はつきあってくれて、ほんとにありがとう。この映画は特別なものだから、見られてよかったわ」

食事も終わり、改めてそんなことを言われてしまう。

「この映画は、もしかしてDVDとかが出ていないんですか?」

映画館でないと見られないものだったんだろうか。

「そういうわけじゃないの。でも、映画館で見たかったのよ」

「どうしてですか?」

「この映画は、夫と最後に映画館で見た映画だったの」

「──そうだったんですか」

「映画館で見たのは二回目よ」

それは確かに思い出の映画だ。

「ちょっとこの映画の思い出話をしていい?」

「いいですよ」

聞いてみたい、と思った。

「映画を見た時は、結婚九年目で、わたしは三十歳だったのね」

千鶴子さんはコーヒーをおかわりして話しだした。今度はハウスブレンドだった。

なんだかんだ言ってここのコーヒーが気に入っているらしい。

「末っ子を妊娠中だったんだけど、年末にわたしの実家に家族で帰った時、親戚たちが、

『三人目が産まれる前に、二人で外出してきたら?』

って言ってくれたの。集まった子供たちをまとめて近くの遊園地に連れてってくれるって言うんで、お言葉に甘えたのね。

でも妊娠中だし、あまり遠出はできないので、久しぶりに映画でも見ようってなってね。わたしが選んでいいって夫が言ったから、『ロマンシング・ストーン』を選んだの。ロマンチックなタイトルだから、気になってたのよね」

いかにもデートムービーというタイトルだ。

「映画見て、ちょっと遅いお昼を食べて帰っただけだったんだけど、あれがデート

らしいことをした最後になったかなー」

まるでつい昨日のことのように言うが、泰一から千鶴子さんは六十五歳と聞いていたから、三十五年前のことか。自分が生まれるはるか前の、自分より十歳しか上でない千鶴子さん。いや、十歳も上、なんだろうか？　歳の差というものに、悠矢はまだ実感が湧かない。

でも、その当時のことを生き生きと語る表情を見ていると、彼女の歳がいくつかなんて、わからなくなってくる。年配の女性にも、三十歳くらいの女性にも、自分と同じくらいのロマンチックなことを夢見る少女にも見えてくるのだ。

「初めて見た『ロマンシング・ストーン』はほんとに面白くてねー。主演のキャスリーン・ターナーがとてもきれいで、相手のジャック役のマイケル・ダグラスもかっこよくて。最初主人公のジョーンは自分に自信がなくてオドオドしているんだけど、困難を乗り越えていくたびに強くなっていくのよ。ジャックは彼女の持つ秘宝の地図を狙ってはいるんだけど、悪人にはなりきれない人間臭さがあってね。見たことないタイプの映画だと思ったの。だから、新鮮さもあったのよ」

そうか。その当時は新鮮な作品だったんだ。

「見終わってごはん食べてる時にそういうことを夢中で話してたの。それを夫が二コニコしながら見てて。

『面白かった？』

って訊いたら、

『面白かったよ。特に主人公が歴史ものの小説家ってところが』

変なこと言うなって思って『どうして？』って訊いたら、

『実は、ずっと小説家になりたいと思ってて』

そんなこと突然言ったから、わたしびっくりして」

まるで今聞いたかのように目を丸くして言う。

「知らなかったんですか？」

「知らないわよ。本を読むのが好きな人だっていうのは知ってたけど」

「つきあってた時にそんな話はしなかったんですね」

「つきあったっていうか、お見合いだから」

……そうか。昔は多かったと聞くお見合い結婚。

「『でも、なれるかわからないから、誰にも言えなくて。一人でコツコツ書いてたんだ』

そんなことを言って、それから夫は、今書いてる小説の話をしてくれたの。日本の歴史ものというか、時代ものだったのよ。昔から好きだったんですって」

千鶴子さんは、悠矢にそのストーリーを語ってくれた。商家の娘が冷酷な侍と用心棒の相撲取りに誘拐されるが、謎の忍者風の男に助けられて逃避行――という、なんちゅうベタなと思うような設定なのだが、元の話が面白いのか、千鶴子さんの話し方が面白いのか、どんどん引き込まれていく。

「とても面白いですね！」

さっき見た映画よりずっといい！

「ね、面白いでしょ？　わたし、またびっくりしちゃって。しかも『ロマンシング・ストーン』に雰囲気がよく似てたのよ。謎があって、ロマンスがあって、笑えて――ものすごく参考になったって喜んでた。『それで？　それで？』ってずっと訊いていたら、いつのまにかストーリーの最後まで行ってて。

そしたら夫が、

『千鶴子さんと話してたら、話が全部できた！』

って言ったの。今までちゃんと話ができあがってなかったんですって。

『ありがとう。ちゃんと最後まで話ができたのは初めてだ』

ってすごくうれしそうな笑顔で言われたの」

そう話す千鶴子さんも、とてもうれしそうだった。

「その笑顔にね、わたしは恋をしたのよ」

悠矢はどう答えたらいいのかわからなかった。子供の頃から知っている人の恋バナなんて恥ずかしいと思う気持ちと、くわしく知りたいという気持ちがせめぎ合う。

しかし結局、後者が勝った。

「結婚してたんですよね？」

さっき、「三人目を妊娠中」と聞いたような——。

「言ってたでしょ。お見合いだったのよ。なかなか想像しづらいかもしれないけど、昔は結婚しないといろいろ言われたの。だから適齢期になると、親や親戚や近所の人がよさそうな人を紹介してくれてね。適齢期っていうのも、今はもう言わないか」

千鶴子さんはフフッと笑う。

「わたしは親戚の紹介で源吾《げんご》さんに会ったのよ」

げんごさん？　……ああ、旦那さんのことか！

「もちろん結婚しようとしたんだから、会った時から好意を持っていたし、一緒に暮らしていってもこの人とならたのしそうだし、苦労があってもやっていけると思ってたの。喫茶店の仕事も面白かったし。料理も得意だったしね。源吾さんがいれてくれるコーヒーは本当においしくてねー」

そういえば、千鶴子さんの喫茶店のコーヒーって飲んだことなかったかも。子供の頃はお店でオレンジジュースとかコーラを飲ませてもらったりしたものだ。コーヒーがおいしいというのも、大人が言っているのを聞いただけかも。

「でも、恋をしてるって感覚はなかったし、その時でもまだわたしにとって『恋』はあこがれのものだったの。というより、自分には無縁のものっていう感じ？　小説とか映画にしか出てこないものなのかなあって思ってたわ。

だから、その時に自分の気持ちに気づいてからは、もうパニックっていうか、毎日オロオロしちゃって。しばらく源吾さんの顔がまともに見られなかったわ」

それもまた悠矢には想像しにくいことであった。それとも、自分もまた「恋」を知らないということなんだろうか。一応、女の子とつきあったことはあるけれど。

「でも、源吾さんの方は当たり前だけど、あまり変わらなかった——っていうか、変わらず優しくてね。そうなると、何も言えないじゃない？　だから、勝手にドキドキして、勝手に一喜一憂して——今思い出すとちょっと大変だったけど、そういうのも楽しかったのよね」

千鶴子さんは、自分が「夫」から「源吾さん」に呼び方が変わったことに気づいていないようだった。

「あ、でも一つ変わったところがあった。書きかけの小説を見せてくれたこと」

「えっ、読んだんですか?」

「読んだわよ。帰ってからしばらくして、

『ちょっと書き直したんだ。読んで』

って冒頭のところ見せてくれて。それからは続きを読んでは、意見言ったり、参考になりそうな資料本や映画を見つけてあげたりしたわ。

仕事や家のことの合間を縫って、少しずつ書いていったのよ」

「完成したんですか、その小説」

「したわよ。ものすごく時間かかったけどねー」

豪快に笑ったあと、ちょっとしんみりとした顔になった。

「結局ねえ、書き上げるまで二十年かかったのね」

「二十年!?」

そんなに時間がかかるものなの!?

「わたしにはそれが妥当な時間なのか、それともかかりすぎたのかはわからないけど、あの人にとってはそれが必要な時間だったんだと思うの。だって、本当に忙しかったから。店は繁盛してたし、子供たちも小さかったから、交代で面倒見て。新メニュー開発とか、研修会とかに行って勉強もして。ご近所づきあいや実家同士のつきあいやらも、わたしに押しつけたりしないで一緒にやってくれたの。毎日ずっと一緒で、わたしはとても楽しかったわ」

そうだった。千鶴子さんの旦那さんは、だいぶ前に亡くなってしまっているのだ。

「夫は十五年前に亡くなったんだけど、その入院中に、書き上がっていたけど清書してなかった小説を、原稿用紙に書き写していたわ。

『時間があってちょうどいいや』

って言って。

ある日、きれいな字で清書した原稿用紙を、ある有名なミステリーの賞に送ってくれって、渡されたの。そのあと、持ち直したように見えたんだけどね。

『授賞式に行かなくちゃ』

って言ってたから。

でも、それは無理だってみんなわかってたの。少しずつ具合が悪くなっていってね……応募締切日の前に、亡くなってしまったの」

千鶴子さんは残っていたコーヒーを飲み干した。

「小説……応募したんですか？」

なんだか間に合わなかったみたいに聞こえる。

「したわよ。でもね、夫の清書した原稿用紙はそのまま残してあるの」

「え、どうして？」

「家族で手分けしてパソコンに打ち込んで、印刷したものを送ったのよ。長男が応募要項読んで、

『そのまま送ったら、その原稿、返してもらえないみたいだぞ』

って言ったから、みんなでそれぞれ原稿用紙を持ち帰って、ワープロソフトで打ち込んだの。コピーじゃなくて、原本を送らないといけないんですって。せっかくの源吾さんの手書きだから、どうしても残しておきたくて、渡された日からみんなで打ち込んで、ちゃんと応募したのよ」

「じゃあ、家族も読んだんですね」

「そうよ。みんな何も知らなかったから、驚いてたわ。娘たちは、

『このヒロインのモデルは、お母さんだよね』

って言ってね。あの小説は、結婚前から考えてたって言ってたから、そうじゃないと思うけど、二人とも『絶対そうだ』って譲らなくてね」

モデルだったたんじゃないかな、と読んだこともないのに悠矢は思った。自分の夢を支えてくれる妻への感謝の気持ちもあったのではないだろうか。

「そのまま応募したことも忘れて、わたし、毎日泣いていたの。仕事中とか人前じゃ平気だったけど、夜になるとね……。でも、源吾さんが亡くなって半年くらいたった頃かな。ある夜、出版社から電話がかかってきたの。

『佳作に入選しました』

って。もうほんとにびっくりして。その時も泣いてたんだけど、涙がどっか行っちゃって。電話切ってから、仏壇に、

『佳作だって！』

って大声で報告したことを、よく憶《おぼ》えてる」

そんなことってあるのか。受賞なんてすごい！

「その小説のタイトルって、なんて言うんですか？」

ちょっと読んでみたい。

「『二人の旅路』っていうのよ。演歌みたいなタイトルよね」

別れ際、千鶴子さんに、

「この話、家族しか知らないことで、泰一にも言ってないと思うの。だから、内緒にしてね」

と恥ずかしそうに言われた。

「なんかおしゃべりしすぎちゃったわ〜。恋バナ？　っていうの？　そんなのしたの、悠矢くんが初めてよ〜」

と照れまくりながらも、上機嫌で帰っていった。

それからまた、都内のいろいろなところへ二人で行った。食べ歩きだけではなく、最初予定していた美術館や博物館にも行ったし、スカイツリーとか東京タワーにも！

カフェ・ピラニアには、一度行って慣れたのか、映画を見なくてもたまに行くようになったという。

「あそこはいい店よね。きっと夫もそう言ったと思うわ」

千鶴子さんとのデートは、半年後、泰一の帰国で終わりを告げた。最後は泰一の帰国祝いだった。二人ともめでたく成人したので、実家近くの居酒屋で。

「一年間、楽しかったわ」

その都度知らせていたので、

「どこが一番楽しかった？」

と泰一が千鶴子さんに訊く。すると彼女は即座に、

「ピラニア座」

と答えた。

「えっ、あの新しい名画座？」

「うん。カフェもおいしいし、映画館もすてきだったわよ」

悠矢もうなずく。椅子はフカフカだったし、スクリーンの高さも見やすかった。

「へー、今度行ってみよう。東京のお店よりもいいんだ――」

そのあとは、泰一の思い出話に終始した。楽しいこともつらいこともあったらしい。ホームシックで帰りたいと思ったことも。

「でも、行ってよかったよ」

その思いは顔に表れていた。自分もがんばらねば、という気持ちにさせられる。

「無事に帰ってきただけで、おばあちゃんはうれしいよ」

そう言う千鶴子さんは、優しい昔のままのおばあちゃんだった。カフェ・ピラニ

アで見た初恋を語った人とは別人のようだった。

その後、数年して千鶴子さんが身体を壊して入院したと知る。泰一に連絡すると、「じゃあ、一緒に見舞いに行くか」と言われた。

久しぶりに病院で会った千鶴子さんは、かなりやせていたけれども、元気な声で、

「よく来てくれたわね」

と喜んでくれた。

病棟の談話室に彼女を車椅子で連れ出し、おしゃべりをしていると、泰一に仕事の電話がかかってきた。

「ごめん、ちょっと——」

そう言って、エレベーターホールの方へ行ってしまう。

「泰一、忙しそうね。悠矢くんはどう？」

「ぼちぼちです」

ホワイトな職場であるが、若いのでそれなりにこき使われながら働いている。

「あの——」

唐突ではあるが、泰一がいなくなったので、たずねるのは今しかない。

「実はずっと訊きたいと思ってたことがあるんです」

数年来の疑問があったのだ。

「何?」

「千鶴子さんの旦那さんの本は、どこで読めるんでしょうか?」

「え?」

「調べたら、『二人の旅路』って本当に演歌のタイトルしか出てこなくて」

するといと千鶴子さんは笑い出した。

「ああ、ごめんね、本が出てると思ったのね?」

「はい」

「本は出てないのよ」

「え、そうなんですか? 大賞獲《と》らないと出してもらえないとか――?」

「ああ、そうよねえ。わたしたちもそう思ったわ。佳作だから、本は出ないと思ったの。でも、そういうわけじゃないの。そのままじゃ出せないって言われたのよ」

「え、出版社に?」

「そう。授賞式に行った時に」

「へーっ! 授賞式!」

なんだかすごい。別世界のようだ。

「家族の中だけだけど大騒ぎになって、誰が行くかで揉《も》めたりなんだりして――結局家族四人で行ったんだけど、その時に編集長って人から、

『ミステリーの部分が弱くて、ものすごくもったいない。直していただければ……』

って言われちゃってね。でも、家族で直せる人はいないし、それに別の人が直したらそれは夫の小説じゃなくなるでしょ？　だから、そのままよ。本は出てないの」

なんだかそれ、ほんとに編集長が言うように「もったいない」って感じだけど……。

「けど、選考委員のすごく偉い小説家の人たちにも『面白かった』って言ってもらえたから、夫がコツコツ書いてきたことが報われた気がしたの。夫が死んでからずっと泣いてばかりだったけど、受賞の知らせが来た日から、少しずつ泣く回数が減ってきて、眠れるようになって――授賞式の日は、本当に誇らしくて。泣きもしたけど、それはうれし泣きだったわ。そんなふうに泣ける日が来るなんて、思わなくて。

編集長は『たくさんの人に読んでもらいたい』と言ってたけど、家族は、

『これはお母さんに読んでもらいたくて、お父さんは書いたんだよ』

って言ってた。きっと夫は、わたしに、

『これを読んで元気を出せ』

って言ってくれていたんだと思ったの。

それを信じて、無理に本にするのにこだわる必要はないって結論になったのよ。

これは家族しか知らないことなの」

「そんなこと俺に話していいんですか？」

「悠矢くんに『読んでみたい』って言われた時、『読んでもらいたい！』って思ったからよ。そういう人に読まれれば、夫はきっと喜ぶと思って。元気が出るのよ、本当に。わたしはいつも、助けられてる。それと、あの映画ね、『ロマンシング・ストーン』。この二つがあれば、わたしはすぐに元気になれるのよ」

まるで今の病気もその二つで治せると信じているようだ。

「パソコンのデータでいいなら、秀美に頼んで渡してあげる」

「ありがとうございます」

本当に読んでみたかったから、うれしかった。

「悠矢くんと話をすると、原稿読んだり、映画見るのと同じくらい、気持ちがウキウキするわ。どうしてかしら？」

その答えは明白だ。

「好きな人の話、だからじゃないでしょうか」

悠矢と話しているからじゃなくて、源吾さんの話だから。

「……そうね。初恋だったものね。あれがわたしの、最初で最後の初恋だったのよ。片思いみたいなものだったけど。

悠矢くん、また話を聞いてくれる？」

顔色も表情もよくなっているように見える。

「はい、俺でよければ」

泰一が帰ってきたあとも、千鶴子さんはずっと笑っていた。本当にこのまま病気も治りそうな勢いだった。

しかし、そうはならなかった。

その後、千鶴子さんは入退院をくり返し、一年後にあっけなく亡くなってしまう。

葬式に行った悠矢は、秀美さんからＵＳＢメモリを渡される。

「ごめんね。もっと早く渡したかったんだけど――お父さんの小説」

「あっ――すみません。ありがとうございます……」

「ううん、お母さん、すごく喜んでた。お父さんの話をするの楽しみにしてたんだよ」

結局見舞いはあの時の一度だけだった。病状が悪化して、家族以外に姿を見せたくないと思ったらしい。

「元気になったら、悠矢くんとまた話すっていつも言ってたけどねぇ」

そう言って、秀美さんは涙をこぼした。


家に帰って、メモリに入っている小説を読んでみた。

編集長という人が指摘したとおり、ミステリーの部分は弱い。それは大した読書家でもない悠矢にもわかった。しかし、キャラクターがとても生き生きとしている。主人公二人のテンポのよい会話なんて、声を出して笑うほどの面白さだ。悪役もいい。特に用心棒の相撲取りには主人公を食うほどの存在感がある。

そして、二人のロマンスは切なくも温かい。

やはり、ヒロインは千鶴子さんそのものだった。この小説は、いかにこのヒロインを活躍させるか、そしていかに彼女を魅力的に描くかを追求しているみたいだ。読んでいると、セリフが全部千鶴子さんの声で聞こえてくる。

片思いなんてとんでもない。二人とも深く思い合っていたとこれを読めばわかる。わからない千鶴子さんは、鈍感ではないのか？

でも、そんな彼女だから、旦那さんは好きだったんだろう。まさにこの小説の主人公たちみたい。お互いが思い合っているくせに、妙なすれ違いが生じる。でも、心の奥底ではわかりあっているから、一緒にいたいと望むのだ。

そう思うと、泣けて泣けて仕方なかった。泣き笑いで読む。ラストシーンでは号泣だ。これは小説に感動して泣いているのか、千鶴子さんの死に対して泣いているのか、わからなくなる。

ああ、そうかもしれない。俺にとっても千鶴子さんは初恋の人だったのかも。あの頃、女性とつきあったことはあっても、ちゃんと好きになったことがなかったのだ。

千鶴子さんと会っている一年間は、毎月楽しみだった。親友のおばあちゃんとか、よく知っているご近所さんとかではなく、一人の女性としてとても尊敬できる人だと気づいたからだ。あれから女性とつきあうのだったら、千鶴子さんのような人がいいと思っていた。彼女は、子供だった悠矢たちの言うことをないがしろにしなかったし、小説を書きたいという旦那さんの夢も支えてあげていた。人の夢や希望を笑わない人だった。けれど、同時にとても現実的な人でもあった。夢を夢で終わらせない方法も考えてくれる人だったのだ。

そういう人を悠矢は、幸運にも見つけることができた。今年結婚する予定だ。

ようやく涙が収まってきた悠矢は、テレビをつけ、『ロマンシング・ストーン 秘宝の谷』を見た。今日は本当は、この映画を見て千鶴子さんを悼もうとしていたのだ。

ところが見始めて、悠矢は首を傾《かし》げる。

「ん？」

名画座で見た時は、ピンと来なかったのに——あれ？　けっこう面白い？　キャラそれぞれがなんだかかわいい。ゆるさと軽さの印象はそのままだが、そのせいかとても気楽に見られて、楽しい。

っていうか、これ——源吾さん、だいぶ話が同じではないか！

それに気づいて、悠矢は笑ってしまった。最初から似ていたのか、それとも影響されたのか。いや、ちゃんと自分のものにしていると思うけど、それにしても――なかなか大胆な。千鶴子さん、気づかなかったのかな?

あとでまた読み直さなければ。ああ、こういう話も千鶴子さんとしたかったな……。

映画が見終わる頃には、悠矢の涙は乾き、気持ちは落ち着いていた。彼女の言ったとおりだった。この二つがあれば、すぐに元気になれる。

映画の中で主人公たちは谷に眠る秘宝を手に入れるが、悠矢は千鶴子さんからそれを渡されたような気がしていた。

黄昏《たそがれ》飛行　涙の理由

光原百合

光原百合（みつはら・ゆり）

広島県生まれ。詩集や童話集を出版したのち、1998年『時計を忘れて森へいこう』でミステリ界にデビュー。2002年「十八の夏」で第55回日本推理作家協会賞短編部門を受賞。著書に、『星月夜の夢がたり』『最後の願い』『イオニアの風』『扉守　潮ノ道の旅人』などがある。

「それではイベントのお知らせです。今年も始まります、『潮《しお》ノ道《のみち》・隠れた名画展@持福寺《じふくじ》！』」

ＦＭ潮ノ道の夕方五時からのオリジナル番組、「黄昏飛行《たそがれ》」の進行もちょうど半ば。地域のイベントのお知らせコーナーである。パーソナリティーの永瀬真尋《ながせまひろ》は主催者から届いたフライヤーを確かめた。

「第三回となる今年、会期は八月十五日から三十一日まで。時間は午前十一時から午後五時まで。大忙しのお盆のあれこれが一段落した持福寺本堂にて、潮ノ道に伝わっている美人画の数々の展示が行われます。画題は恒例、この季節にふさわしく『幽霊』。この『潮ノ道・隠れた名画展』で展示される絵は、とてもきれいな女性の幽霊画ばかりです。そういえば、お岩様にお菊様、怪談に登場する幽霊は女性が多いですね。昔から女性は執念深いとされていたからでしょうか。昔は今より女性が虐げられることが多く、誰にも訴えられないまま泣き寝入り、死に損になることが多かったので、幽霊になっても不思議はないと思われたからかもしれません。だから幽霊画の中には、恨みを呑んだ怖い形相の絵もたくさんありますが、そうやって哀しい最期を遂げたひとたちだからこそ美しく描いてあげたい……という心遣いか、とても美しい絵も多いのです。この『潮ノ道・隠れた名画展』に展示される絵も、美人画ばかりです。潮ノ道の土地柄なのか、主催の持福寺さんのご趣味かはわかりませんが」

持福寺住職・了斎《りょうさい》の、「こりゃ何を言う!」というキンキン声を思い浮かべつつ、真尋は話し続けた。

「そういえばうちの、FM潮ノ道の局長は、ご存知の方も多いと思いますがいつも澄ました顔をしているおじさんです。ところがこの名画展の中に、たいそう気に入っている絵があるようです。去年もおとといもこの名画展を見に行って、ある絵を長いことうっとりと眺めていたようです。『初恋』という題の、若くてきれいな女の子を描いた絵なんです。意外に可愛いところもありますね」

無事に今日の放送を終えて、二階のオフィスに上がっていくと、スタッフの一人、西条山斗《さいじょうやまと》がいつものようにコーヒーを淹《い》れてくれていた。自他ともに認める「コーヒーに青春を賭ける男」である山斗の淹れるコーヒーは、その辺のカフェで呑むコーヒーよりはるかに美味《おい》しい。そのうち、独立してカフェを開くと言い出しても驚かないな。

スタッフがくつろぐときにも使っている応接セットのソファに座って、ほっと一口味わおうとして、真尋はふと不穏なものを感じて手を止めた。何やら恨めしそうなオーラのようなものが押し寄せてくる。まさか幽霊画展の紹介をした祟《たた》りか。と思ったら、もうちょっと怖いものが目の前におられた。

「君も小なりとはいえ報道機関に属する人間なのですから、もう少し正確な情報発信を心がけてもらいたいものです」

ＦＭ潮ノ道の局長様である。年齢は三十代半ば、いつも仕立てのいいスーツを着て、英国紳士のごとく毅然《きぜん》端然とした姿勢を崩さない。

「僕がいつ、美人画に見とれてうっとりしていたと?」

「去年、この名画展を一緒に見たじゃありませんか。そのときに。……了斎さんも同じことをおっしゃっていました。あいつはいつも鉄仮面みたいに澄ました顔をしているが、美人画に見とれるような娑婆《しゃば》っけがあるなら安心だって」

真尋がにこやかに答えると、局長は『あのおっさんは』とでも言いたげに口を曲げた。紳士だから実際には言わなかったが。

「ねえ局長、美人画に見とれてうっとりしていたって、ちっとも悪いことじゃありません。むしろ日ごろ希薄な人間味が感じられて、いいと思います」

「君が僕という人間をどうとらえているのか、時々不安になりますよ」

「局長はいつも落ち着いておられるから、焦ったり困ったりすることってあるんだろうかとは思っています」

「確かに焦ったり困ったりについては、君ほどの達人ではありませんね。社会人になってもう十年以上ですから」

「あたしは、もう十年経っても同じように毎日焦ったり困ったりしている自信があります」

「それは同感ですが、『FM潮ノ道』のためにも少しは進歩してください」

「あ、あたしこのまま、ここで十年勤めていいんですか？」

「ここが存亡の危機に陥るような失敗を、君がやらかせば別ですが」

「まさか、局が存亡の危機に陥るような失敗なんてやるわけないでしょう」

「放送後にマイクを切り忘れてゲストと雑談していて、絶対に誰にも言ってはいけない話題をしゃべってしまって潮ノ道中に届いたりしたら」

マイクの切り忘れは、勤め始めて最初の年には何度かやらかした。絶対誰にも言ってはいけないような重要なネタは持っていないので大ごとにはならなかったが、そのたびにリスナーから「真尋さんのおしゃべりが放送に入っていますよ」と何件も電話やファックスやメールが届いた。

「最近はさすがにそこまでのことはやりません」

焦ったり困ったりは日常茶飯事だが。

さて、瀬戸内海に面するここ、潮ノ道は決して大きな町ではないが、そこそこ人気のある観光地である。全国的にも知名度が高く、「住んでみたい町」といったアンケートではかなり上位にランクインする町だ。海に沿って山がすぐ迫り、平野部の少ない土地なので、山の斜面に積み重なるように家が並んだ立体迷路のような街並みで有名で、住民の目から見ても風情のある場所だ。

江戸時代には瀬戸内でも有数の良港を擁する町として、西日本の北前船《きたまえぶね》海運の中心だったという。当時は大変な賑《にぎ》わいで、二千人収容可能な常設の芝居小屋があったというのだから、半端ではない。東京で小劇場演劇の活動をしている真尋の友人によれば、現代日本の都会であっても、二千人収容の芝居小屋を維持するなどとんでもない難行なのだそうだ。名高い帝国劇場で席数千八百くらい、宝塚劇場クラスでようやく二千オーバーと言っていたかな。というわけで、そのころの潮ノ道が大都市であったことは間違いない。海運で財をなした豪商が軒を連ねていたということだ。

そんな豪商の末裔《まつえい》と伝えられる旧家が今でも、潮ノ道にいくつもある。風格ある屋敷に住んでいる人たちも、ごく普通のうちに住んでいる人たちもいるが、総じて静かに暮らしていらっしゃる。さすがに当時の店がそのままの形で営業しているところは、真尋の知る限りでは、無い。そもそも北前船がもう運航していないし。当時の豪商が、維新後に何か別の会社を興して今に続いている例はあるらしいが。

ともあれ、豪商だった先祖が収集していた書画骨董《こっとう》などのいわゆる「おたから」を引き継いでいるうちは結構あるらしい。潮ノ道では昔から「金を稼ぐだけでは一人前ではない」と言われていて、豪商はしばしば社会事業に私財を投じたり、文化活動に励んだりしていたのだと、潮ノ道の偉い人たちは誇らしげに語る。当時一流の文化人たちが、潮ノ道の豪商の招きに応じてこの町を訪れ、文化サロン的な場が活況を呈していて、潮ノ道は文化面でも西日本有数の町だったそうだ。

ＦＭ潮ノ道でパーソナリティーとして働くようになってから、ゲストとして来てもらう企業人や文化人と接する機会が増えて、潮ノ道の歴史に詳しくなってしまった。真尋も生粋の潮ノ道っ子だが、潮ノ道人の郷土愛の深さには時々驚いたり呆れたりする。町をぶらぶら散歩していると、観光客と間違えてか「お嬢さん、妙香寺《みょうこうじ》へはもう行った？　今行ったらしだれ桜がきれいに咲いとるよ」などと観光案内してくれるおじさんやおばさんとよく出くわすのだ。

さてそんなわけで、豪商の末裔のうちには、貴重な書画骨董が結構眠っているらしい。騒がれたくないからか、税金などの事情があるのか、そういったうちではあまり詳しいことはオープンにしていなかったりする。

ここに、持福寺という古刹の住職、了斎という人物が登場する。一言で言うなら「物好き」な坊さんである。驚くほどの顔の広さ、人脈を誇る人物だ。ちんまりと小柄でしわだらけの顔は、スター・ウォーズでおなじみのヨーダそっくりである。この番組によくゲスト出演してくれるので、すっかり顔なじみになってしまった。この坊さんは、いにしえの豪商よろしく潮ノ道の文化を盛り上げたいと、様々な文化人やアーティストを潮ノ道に呼んでは、演劇公演やコンサートなどのイベントを主催している。そしてよそから呼んでくるだけでなく、この町にあるものを掘り起こしたいとも思い立ったらしい。あちこちに眠っている書画骨董をそうっと起こして、虫干しも兼ねて市民に見てもらう機会をつくってはどうか、と。

特に、江戸時代のある時期、豪商たちが絵師に依頼して幽霊画を描いてもらうことが流行《はや》ったらしいと聞きつけて、がぜんその気になった。幽霊だのお化けだのが大好物なお坊さんなのだ。ところで、幽霊画だなんて縁起でもないと一般には思われそうだが、実のところ幽霊画は縁起がいいものとされる。ことに客商売では、店に幽霊画を飾っておくと客を呼ぶとされるそうだ。だから、豪商たちが競って幽霊画を描かせたとしても不思議はないのだ。

了斎は早速、市内の人脈を駆使してあちこちに「あんたのうちに、幽霊画が伝わっておらんか」と声をかけた。そうしたら結構反応があったらしい。潮ノ道・闇のネットワーク（なんだそれは）を通じて『幽霊画、あるであるで』という情報が了斎のもとに集まった。中には「本物」もいくつかあったそうだ。趣味として絵師に描かせたというようなものでなく、でどころも一般家庭ではなく、潮ノ道にたくさんある寺のどこかだったようだ。どの寺にあったかは、さすがに真尋には教えてくれなかったが、持福寺にあったのではないという。

「多分、祟りか障りがあるというので供養のために寺に納められたんじゃないかのう」

「ああ、そういう意味の『本物』……。了斎さんより真面目なご住職様のいらっしやるお寺に？」

「こりゃ、失礼なことを言うな。こう見えてもわしは、業界では有名なんじゃぞ。祟りをおさめるなら持福寺の了斎に頼めと言われておる」

「嘘《うそ》でしょ」

「嘘じゃ。……なんにしても現代の話じゃあない。ずいぶん古い絵のようじゃった。一応見せてはもろうたが、展示して人に見せるような性質のもんじゃあなかった。門外不出にしてくれと頼んでおいた」

潮ノ道のあちこちの寺に外に出せないような幽霊画が存在しているということで、少々薄気味悪い話ではあるが、門外不出なら実害はないか。ともあれ、了斎が掘り起こしたかったのはそんな物騒な絵ではなく、幽霊ではあっても美しく、見ていて楽しい絵である。了斎は集まった情報に基づいて、絵を所蔵していると言われるうちをめぐって実際に見せてもらったらしい。情報が間違っていて、そんな絵はないと言われたこともあるそうだが、そこそこの数の幽霊美人画の所在が明らかになった。さすがに全国的に有名な大家の名画までは見つからなかったらしいが、郷土の画家が描いたと言われていたのに所在不明になっていた絵など、郷土史にとっても意味のある発見があったそうだ。

これまで隠れていた名画を潮ノ道のみんなに見てもらいたいと、了斎は展示会を企画した。快く貸してもらえた（多くは、「うちにあることはナイショにしてくれ」と念を押されつつだが）絵が、掛け軸や色紙など様々な形で二十数枚。持福寺本堂で展示するには十分な数となり、「第一回潮ノ道・隠れた名画展」が開催されたのが一昨年のことだ。そのとき真尋はまだ関東で学生生活を送っており、就活真っ最中のころだったから、どんな様子だったかはよく知らない（結局全国の放送局を片端から受けて片端から落ち、昨春、故郷である潮ノ道に戻ってきて、父の知り合いの紹介というコネもあってＦＭ潮ノ道に契約社員として潜り込んで、パーソナリティーとして働いている）。「隠れた名画展」は好評だったのか、了斎のブルドーザーのごとき推進力のおかげか恒例となったようで、昨年も今年も、夏のこの時期に開催することとなった。名画展を見て「うちにもありますよ」と申し出てくれた人もあったらしく、展示する絵も少しずつ増えているということだ。

昨年夏の第二回の開催ももちろん「黄昏飛行」でアナウンスした。了斎自らがゲスト出演して滔々《とうとう》と語ってくれた。スタッフ全員にと招待券まで置いてくれて、しかもスタジオから持福寺までは徒歩五分の近さなのだから、行かない理由を探すほうが難しい。だから真尋は昨年、この展示会をオープン直後に見に行った。その時のことを思い出してみる。

担当番組が夕方からだから、昼下がり、出勤前に持福寺に寄ってみたら、偶然局長も来ていた。外回りの途中に立ち寄ったのだろう。コミュニティFM局長の仕事の八割は得意先への営業活動だということだ。

平日の午後だったので他に客はなく、本堂には局長ひとりきりだった。一枚の絵の前にたたずんでいる様子がなぜか、いつもクールなこの人と違う気がした。FM潮ノ道で勤め始めて四か月が過ぎたところで、この人のちょっと不思議な存在感にもようやく慣れてきていた。かなり端正な美形で、その英国紳士のような端然ぶりは潮ノ道ではちょっと浮いていて、かといって英国にいてもそれはそれで浮きそうな気がする。全世界どこにいても浮いていそうな人だ。物腰はいつも丁寧で、筋の通ったことしか言わず、真尋の数々の失敗を注意するときも常に理路整然としている。洞察力も鋭く、誰も気づかないことにいち早く気づいたりもする。

本堂の壁に掛けられた絵の数々を見渡すと、有名な古典的幽霊をモチーフにした絵がいろいろとある。花の絵がついた提灯《ちょうちん》のようなものを提げているのは牡丹灯籠《ぼたんどうろう》のお露さんかな。大蛇が鐘に巻きついている絵は、安珍清姫《あんちんきよひめ》を描いたものだろう、あれは幽霊とはちょっと違う気がするが。

赤ちゃんを抱いている女性を描いた絵には、「丹花小路《たんがしょうじ》の飴《あめ》買い幽霊」と札がついている。潮ノ道の有名な幽霊話だ。潮ノ道商店街から、寺や神社の数々が点在する山手斜面に上がる小路の一つに丹花小路と呼ばれるところがある。そこにあった飴屋に、ある夜更け、見慣れぬ若い女が訪れてわずかな飴を買い求めた。そんなことが数日続き、不審に思った飴屋は帰っていく女の後を追ってみた。女は坂をのぼり、一つの寺の中に、さらにそこの墓地へと入って行った。飴屋がついていくと、墓地のほうから元気な赤子の泣き声が聞こえてきた。驚いた飴屋は庫裏《くり》に飛んで行って住職を起こした。話を聞いた住職は寺男を起こして鍬《くわ》を持ってこさせた。

「六日ほど前のことじゃ。産み月を迎えた若い女が急に亡くなって葬られた。この墓じゃ」

住職が飴屋を連れて行った墓では、地面の下から赤子の泣き声が聞こえてきた。慌てて掘り返して棺桶を開けてみると、中には若い女の亡骸《なきがら》と生きている赤子。飴屋はその亡骸が、飴を買いに来ていたあの女だとすぐわかった。

「お、和尚様、これはどういうことなんでしょう」

「古来、稀《まれ》にあることらしい。産み月の女が亡くなったとき、母親の息が絶えても赤子だけは無事に生まれるということが。このお人もそうじゃったんじゃろう。葬られた後、墓の中で赤子が生まれたんじゃの」

「で、でも、それから六日も、この赤子はどうして無事で……」

「母が幽霊となって、世話をしておったんじゃろう。赤子が腹を減らしても、母はもう乳をやることはできん。じゃからあんたの店に飴を買いに行って、それを与えたんじゃ」

「そうか……。飴は滋養がありますけえ、乳の出の悪い母親が赤子に与えることがあります。じゃあうちの店に来たんは、幽霊じゃったわけですね。母の一念ですかのう。なんと哀れにもありがたい」

　こんな話が伝わっているのだ。民話としては有名な話で、各地に「飴買い幽霊」あるいは「子育て幽霊」と呼ばれる同じような話がある。かの小泉八雲《こいずみやくも》も、この民話をもとにした「飴を買う女」という話を残している。幼い頃に母と生き別れ、終生会えなかった八雲の心に、母の愛を謳《うた》ったこの物語が強く響いたのだろう。

　ちなみに丹花小路には昔、本当に飴屋さんがあったそうだ。了斎は子供の頃、そこで飴を買っていたと言っていた。潮ノ道っ子である真尋の父母も、了斎よりは若いので子供のころ飴屋さんはもうなかったけれど、お祭りのとき夜店に「丹花飴」というものを売っていたのは覚えているそうだ。店は閉めても、店の主人がそういう時だけ特別に作っていたのかもしれない。「飴買い幽霊ゆかりの幽霊飴」として復活させてお土産として売り出してはどうだろうかと思う。番組で大いに宣伝しちゃうぞ。

そんなわけで飴買い幽霊は、怖いものではなく母の愛情を表す優しい幽霊なので、絵の方も優しいほほ笑みを浮かべた、聖母マリアや慈母観音を思わせる絵だった。

さて、局長がそのとき見ていたのはまた別の絵で、「初恋」とタイトルを書いた札がついていた。作者の名は「森山桃花《もりやまとうか》」とある。着物姿の娘の全身を描いた絵だった。着物の柄は薄紅色の花を散らしたもので、作者の名にちなんだ桃の花かもしれない。若葉を茂らせた木の下に立ち、誰かにふと呼びかけるように軽く右手を挙げて、こちらをまっすぐ見つめている。年のころは十代後半だろうか。優し気できれいな顔立ちだが、思いつめたような一途《いちず》なまなざしが印象的だった。一見して幽霊画らしいところはない。娘の足元に、ひざまで届かないくらいの小さな石像らしきものが描かれている。路傍で見かけるお地蔵様くらいのサイズだが、お地蔵様とは違うようだ。二人の人が身を寄せ合っているような形の像だった。

独りで「初恋」の絵を見ていた局長のことを「長いことうっとり」していたと言ったのは少々話を盛ったが、通り一遍の眺め方でなく、何やら思い入れがあるように見えたのは本当だ。

「きれいな絵ですね。幽霊には見えませんけど」

少しためらいながら、話しかけてみた。

「ああ、君ですか。……同じ美人画でも、幽霊を描いた絵と人間を描いた絵、見分け方を知っていますか」

「いえ」

「幽霊の絵には、瞳孔が描かれません」

「え……」

言われてみればその「初恋」の絵の娘は、思いつめたような強いまなざしでこちらを見ているのに、その目には確かに瞳孔がない。わかってみると、きれいな絵であることは変わりないのに、急にひやりとしたものが画面から感じられた。きょろきょろしてみれば、展示されたどの絵の女性も瞳孔が描かれていないようだ。

「初恋、という題が付いているところを見ると、このひと、というかこの幽霊は、初めて恋した人を見つめているという設定なんでしょうか」

「そうとも考えられますが、『初恋』には初めての恋というほかに、『人を恋い初《そ》めた心』という意味もありますから、誰かを好きだと気付いたときのまなざしを描いたものかも」

「でも向こうは、こんな一途な目で見られていることに気づいていないのでしょうね」

なぜなら彼女の表情が、慕う人と目が合ったときのはじけるような幸せなものではないから。むしろ軽く、ごく軽く驚いたような表情だ。

「これほど見つめられていることに気づかないなんて、鈍い男ですね。許しがたい」

そういえば彼女の右目には、大粒の涙がたまっているみたいではないか。

「そんな鈍い男は、犬に蹴られて死んでしまえー」

局長はここで聞こえよがしのため息をついて、

「言うべきことはいろいろありますが、まずその慣用表現はいろんなものが混ざったようですね」

「え、えーと。人の恋路を邪魔する奴は馬に蹴られて……。夫婦喧嘩《げんか》は犬も喰わない……」

「それに慕う相手は男と限りません。女性かもしれないし、描かれているのが幽霊であることに鑑みれば、人外のものという可能性もある」

「まあそれは、可能性を言えばいろいろと」

「それから、君は大体、簡単に感情移入しすぎです。番組に寄せられたリスナーからのお便りにも、しょっちゅう感情移入して一緒に腹を立てたり嘆いたりしていますね。小なりとはいえ報道機関に属するものとして、その癖は直すべきでしょう」

「おっしゃる通りです」

真尋はしおしおと頭《こうべ》を垂れた。

「何にしても、この絵が大変可憐《かれん》な絵だと認めるのは、やぶさかではありません」

「局長、こういう子がタイプですか？」

「一言多い癖も直しなさい」

「……おっしゃる通りです」

「いらっしゃい、お二人さん。『でえと』かの。隅に置けんのう」

背中をポンと叩いて、中学生並みのからかいの言葉をかけてきたのは了斎和尚であった。焦って否定すると調子に乗るじいさんなので、スルーに限る。局長はきっちりと一礼した。

「ご招待券ありがとうございます。昨年も思いましたが、やっぱりいい絵ばかりですね」

「わしの目にかなった絵ばかりじゃけえの」

「寡聞にして、この絵の作者の森山桃花のことをよく知らないのですが、郷土画家ですよね。どんな画家だったかご教示願えますか」

「江戸時代の女性画家じゃ。女ながら筆一本で身を立てたばかりか、両親をも養っていたらしい」

「江戸時代に女性が、絵だけで食べていくことができたんですか」

　真尋が尋ねると、了斎は自慢げに胸を張った。潮ノ道市民には、潮ノ道自慢をまるで自分の手柄のように吹聴《ふいちょう》する者が多い。

「当時の潮ノ道は、文化度が高かったけえのう。豪商が高名な文化人をしきりに潮ノ道に招いて、文化サロンのような場を開いていた。この町の画家が描いた掛け軸に遠来の文化人が画賛を寄せたりといった集いがよくあった。また旧家や寺では大きな襖絵《ふすまえ》を依頼したりと、今と比べて身近に絵師の仕事は多かったと思うで。文化に理解のある豪商は、これと見込んだ文人や画家の後見をしてやったりもしていた。桃花さんも何人かの豪商、ことに浜旦那の向井屋《むかいや》の応援を受けていたらしい。桃花さんの父がもともと、向井屋で雇われていたなかせだったんじゃ」

　浜旦那とは豪商の中でも海運業で財を築いた店のこと、「なかせ」とは船荷の上げ下ろしをする労働者のことだ。

「桃花さんの父は大変な力持ちで有名ななかせで、若い頃は『向井屋の宝』と言われるほどだった。ところがある時、仕事中の事故で足を骨折してしもうたらしい。予後がよくなかったらしく、それまでと同じようになかせの仕事を続けることができなくなった。桃花さんは当時十代半ば、すでに絵のうまさで注目されていたので、これをきっかけに絵を仕事にすることにした。桃花さんの父の仕事ぶりを認めていた向井屋の支援もあって、筆で自分の身を立て、二親も養うようになったんじゃ」

了斎の口調はまるで親戚の娘のことを話すかのようだ。

「これが幽霊画なら自画像というわけではないでしょうけれど、その桃花さんもこの絵のような人だったんでしょうか」

局長が聞いた。やっぱり好きなんだろうか、こういうタイプが。

「写真とか残ってないんですか？」

「江戸時代じゃからの」

「え、でも、明治維新前で、写真がある人いますよね」

「坂本龍馬か土方歳三《ひじかたとしぞう》クラスの有名人なら、のう」

そっかー。愚問だったか。

「桃花さんは公人だったわけじゃない、一介の町絵師じゃけえ、写真どころかしっかりした記録も残ってない。じゃが当時のサロンに集っていた文人文化人は筆まめで、日記のようなものを結構残してくれておって、そこに桃花さんも時々登場しとる。評判の美人じゃったということじゃ。それに今言うたとおりのしっかり者じゃったから、きっとこの絵のような、まっすぐな強い目をした娘じゃったかもしれん。……それから、これもやはり物好きな文人が書き残しとるんじゃが、桃花さんは哀しい恋をしていたという話がある。相手は、豪商に招かれてよその土地から潮ノ道にやってきた旅芸人の男だったらしい。あいにく相手は、この町に住み着いてはくれなかった。桃花さんには養わねばならん両親がいるから、ここを離れるわけにはいかん。泣く泣く別れたということじゃ」

「足元に描かれている石の像は、何でしょうね」

「こりゃあ道祖神《どうそじん》じゃろうな。この街で見かける道祖神の像はよくこういう、人が寄り添った形をしておられる。道祖神がどんな役割を持つか、局長なら知っておるかな」

「ええ、確か、境界を守護するのでしたか。街はずれや村はずれの路傍に置いて、外部から悪いものが入ってくるのを防いでもらうと聞いたことがあります」

「そうじゃの」

「だったらもしかして」

局長はやおら、いつもまっすぐ伸ばしている背筋をさらにまっすぐ立てた。

「この場面は町外れか村外れを描いたものということになりますね。それなら桃花さんが、恋をした相手がこの町を去るのを見送ったときの思い出を描いたものかもしれません」

そう聞くと絵の中の娘の一途なまなざしは、別れを覚悟したゆえのものか。軽くあげた手は、呼びかけたくても呼びかけられない、呼びかけても仕方ないという思いの表れか。いや、もしかすると、それまで意識していなかった相手が去っていくのを見送るにあたって、急に自分の想いに気づいたところかもしれない。まさしく「人を恋い初めた」という意味の「初恋」。そう思えば、この絵の軽く驚いたような表情が、自分の想いに気づいた驚きのように見えてきた。

「初めての恋」ならば一生に一度だ。自分の初めての恋はいつだったかと思っても、真尋はよくわからない。一体どこからが初恋と呼ぶものなのか。小学校の時よく遊んでいた男の子は？　テレビのヒーローへの憧れは？　初めて大人の男性への憧れを意識したのは、真尋の場合は仮面ライダー響鬼《ヒビキ》さんだったが。

でも「人を恋い初める気持ち」ならば、一生に何度も訪れるだろう。自分は今恋をしている、この人のことが好きだと意識したときの、世界の色ががらりと変わるような瞬間。九十歳になってもそんな瞬間は訪れるかもしれない。でも、そんな遠い話ではなく、今ごく身近にそんな瞬間が潜んでいるような気がするのはどうしてだろう。

いや、自分のことはともかく、桃花さんの絵のことだった。真面目で健気《けなげ》で親思いの桃花さんはそれまで、自分がまさか、よその土地からやってきてすぐ去ってしまう人に恋をするなど、思ってもみなかったのかもしれない。そうやって抑えつけていた思いに不意に気づいてしまうことって、あるよね。こんなふうに感情移入していたら、また局長に叱られるかな。

その局長は了斎と話し続けている。

「愛しい人との別れの場面を幽霊画に使ったということは、桃花さんはこの絵の中に、自分の想いを葬ったのかもしれませんね」

なんだか鋭いこと言ってるように聞こえる。色恋沙汰についても鋭いとは知らなかった。

「桃花さんのその後の人生は、どんなものだったのでしょうか」

「佳人薄命というか、気の毒なことにあまり長生きはしなかったようじゃ。旦那衆の世話で、手堅い商売をしている家に縁づいたらしいが、最初の子供の産後の肥立ちが悪かったということで」

「そうですか。気の毒に」

局長のこんな優しげで哀しげな声を、真尋は初めて聞いた。真尋の失敗を叱るときと全然違うではないか。

「局長、『桃花さんが自分の想いを絵の中に葬った』と思っているなら、そのあと桃花さんが泣いて暮らしたと思っていませんか？」

「そこまでは言いませんが」

「誰かの人生が不幸だったなんて他人が決めつけてしまうのは、失礼だと思います」

昔のことを思い出して、急に腹が立ってきた。

「あたし、大学のときに読書サークルに所属していまして、課題作を決めて週に一度、読書会を開いて感想を話し合うのが主な活動だったんですが」

「君が時々、とんでもないところから話題を持ってくるのにはだいぶ慣れてきましたが」

「ちゃんとつながってますから安心してください。ある時の課題作の中に、お互い意識し合って、いい雰囲気になっていて、だけどまだはっきり打ち明けてはいない若い男女がいまして。仮に男A、女Bとしておきます。彼らの交友関係の中に、一人の若い男性Cが入ってきます。このCが、Bへの好意を隠さず、かなりあからさまにアプローチをかけてきます。Cは経済的にも恵まれていて、Aのほうはさほどでもなく、Aは自分がこの先もうだつが上がらないだろうと思っていたので、『Bさんは C と一緒になるほうが幸せだろう。自分は身を引こう』と思うのです。そうしてBには何も言わず、黙って二人から距離を置くんです。あたし、頭に来ちゃいまして。Bさんが誰と一緒になるのが幸せなんて、どうして他人が決められるの？って。それはあくまで脇筋で、それがメインの小説ではなかったんですが、翌週の読書会ではつい、そのことについてプンプン怒りながら語ってしまいました。そうしたら、あたしが少しばかり好意を持っていた同級生が反論してきました。あ、少しばかり好意を持っていたというだけで、その人と具体的に何かあったわけではありませんので、お気になさらず」

「いや、いささかも気にはしていませんが」

「……そうですか。それでその彼が、『男というものは、大切な女性を守って幸せにしたいと思う生き物だから、僕にはAの気持ちがよくわかる』なんて寝ぼけたことを言ったんです。だからそういうとこだ！　と。彼女にとって何が幸せか、話し合うこともなしに勝手に決めるのがおかしいとさっきから言ってるのに、あたしの言ってることがここまで通じないか！　と。抱いていたほのかな好意らしきものも、その日を限りに消し飛んでしまいました」

「君が大学時代から、どうしようもなく君だったことがよくわかりました」

「あたしのことはどうでもいいんです。桃花さんのことです。当時は今ほど女性が自由に生き方を選べない時代だったと思うけれど、桃花さんはきっと、自分でちゃんと考えて生き方を選んだんじゃないでしょうか。絵という生計の手段を持っていて、応援してくれる人たちだっていたんだから。一つの道がふさがったからといって泣いて暮らすような人ではなかったと、この絵を見て思います。早くに亡くなってしまったのは確かに気の毒だけれど、新しく選んだ道にもちゃんと幸せを見つけていたんじゃないかと」

「ふうん」

局長は腕組みをして、まだ「初恋」の絵を眺めている。真尋は局長のひじをつかみ、本堂の入り口の方に引っ張った。

「何をするんですか」

「そろそろスタジオに行って、今日の放送の準備をする時間です」

「君はそうすればいいけれど、どうして僕まで」

「もっと美人画を眺めていたいですか。生きている人間より幽霊画のほうがいいですか」

「どうしてその二択になるのですか」

「屁理屈《へりくつ》をこねないでください」

「別に屁理屈じゃないでしょう」

あれがもう一年前のことになるのか。今年も了斎が招待券を届けてくれている。

「局長、今年はいつ見に行かれますか」

「初日に早速と思っています」

「よかった、その日なら私も予定が空いています」

「君と予定を合わせる必要はありませんが」

「局長を独りで行かせては、あの『初恋』の絵に取り込まれそうなので」

「何を言っているんですか、君は」

「私が一緒に行っては迷惑ですか」

「そこまでは言いませんが」

「それでは午後一時に現地集合で」

そんなわけで、「隠れた名画展」初日の八月十五日、真尋は持福寺本堂で局長と一緒に「初恋」の絵の前に並んでいる。

「あれ……」

真尋はバッグからハンカチを取り出した。「初恋」の絵の顔に、水滴がついているように見えたのだ。ハンカチを持った手を絵の方に伸ばすと、背後からいきなり抱き留められた。

「ちょ、ちょっと局長、何をするんですか」

「それはこっちのセリフです。貴重な絵をハンカチでこする気ですか」

「だってこれ、絵に水滴がついていませんか。雨漏りでもしているのか、それとも結露か、拭いておかないと絵が傷んでしまいます」

「たとえそうにしても、素人がいきなりハンカチで拭いていいかどうかは別問題です。それによくごらんなさい。水滴がついているように見えますが、本物の水ではありません」

ほんとだ……。絵の中の娘の頬を伝っているように見えるのは、本物の水滴ではない。そのしずくは、絵の中に存在しているのだ。まるで彼女の右目からこぼれた涙のように。

「去年はこの位置に、こんな涙のようなものはありませんでしたよね。おとしはどうでしたか」

「そうですね、無かった気がします。右目にたまった涙が今にもこぼれそうだと思った覚えはあります。本当に涙がこぼれていたら、そんな風には思わなかったでしょう」

「私もそう思います。不思議ですね。去年と今年で絵が変わっているなんて。まるで絵の中のこの子が本当に涙を流したみたい」

「お二人さん、イチャイチャするには寺の本堂は向かんと思うが」

古めかしいからかいの言葉を浴びせてきたのは、またしても了斎だった。気づいてみれば真尋はまだ局長の腕に抱えられたままであったよ。きゃあきゃあ言いながらその場から逃げた真尋は、本堂入り口の石段にへたり込んだ。

振り向けば、局長と了斎は「初恋」の絵の前で話している。「涙」の正体についてだろうか。

「ほうじゃのう。わしは局長ほどこの絵をじっくり見てはおらんが、確かに以前はこんなふうに涙を流しているようには描かれていなかったじゃろう」

「なんだか前半の言葉に棘《とげ》を感じますが、同感です。去年から今年まで、この絵はどこにあったんですか」

「もちろん本来の所有者のうちに返却しておった。そのまましまってあったはずじゃ」

「それなら可能性だけ言えば、そのおうちのどなたかがこっそりと加筆したということはあり得ますが」

「そんな非常識なことをする者は、確かあのうちの家族にはおらんがのう。それに、こんな本物と見まがうような水滴を描くなど、かなり絵の心得のあるものでないと無理じゃ。そういう者もおらん」

真尋は二人の間に割り込んだ。

「ねえねえ、やっぱりこれ、この子が本当に涙を流したってことでどうですか。絵に描かれたものが動いたなんて、怪談にはよくあるじゃありませんか」

「幽霊画だからって、無理に怪談にしなくてもいいと思います」

「怪談と言っても怖い話じゃありません。きっとこれ、嬉《うれ》し涙です」

「何をもって嬉し涙だと思うんですか」

「だって一年前からずっとしまい込まれていたなら、彼女にとって哀しいことって、新しく起こりようがないでしょう」

「嬉しいことだって起こりようがないと思いますが」

「一年前、しまい込まれる前に嬉しいことがあったんじゃないですか。局長、作者の桃花さんが自分の想いをこの絵の中に葬ったのかもしれないっておっしゃったでしょう。長い年月が経って、ようやくわかってもらえたことが嬉しかったのでは」

「君はずいぶんロマンティストなんですね」

「それを言うなら、この絵の娘さんは、それとも画家の桃花さんは、真尋ちゃんの言葉も嬉しかったんかもしれん。潮ノ道の美術好きの間では森山桃花はよく知られた名じゃが、みんな、桃花さんのことを悲恋に泣いた可哀そうなひととして語っておったからな。桃花さんが自分のことを可哀そうだと思っていなかったなら、死んだずっと後まで他人から可哀そうがられるのは、あまり愉快なことではあるまい。わしらはそこに気づかなかった。真尋ちゃんがそこに気づいたのが、嬉しかったのではないか」

そうだったら嬉しいけれど、と真尋は思いつつ、もう一つ思いついてしまった、涙の理由。

「哀しみの涙でも嬉し涙でもない可能性を思いつきました。もともとのこの絵の表情、自分の中にある『好きだ』という思いにふと気づいて驚いたときではないかと、去年思ったんです。そんな彼女が去年、目の前に素敵な殿方がいることに気づいてはっとして、でも絵の中と外ではどうせ叶《かな》わぬ思いだと、そこであふれてしまった涙かもしれません」

「目の前に素敵な殿方？　……絵の中の乙女を嘆かせるとは、つ、罪な話じゃの」

なぜ了斎さんが焦るのか。そりゃあのとき、了斎さんもそこにいたけどさ。

「局長、幽霊画はもういいでしょう。さあ、スタジオに戻りましょう」

真尋は去年と同じように、局長の腕を無理やり引っ張って本堂を後にした。これってまるきり「馬に蹴られて死んじまえ」パターンだなと思いつつ、それでも絵に負けるわけにはいかないさ。

カンジさん

福田和代

福田和代（ふくだ・かずよ）
兵庫県生まれ。2007年『ヴィズ・ゼロ』でデビュー。著書に『走れ病院』『広域警察極秘捜査班BUG』『S&S探偵事務所 最終兵器は女王様』「航空自衛隊中央音楽隊ノート」シリーズ、『梟の一族』『カッコウの微笑み』などがある。

また始まった。

村松千代子《むらまつちよこ》が「カンジさん」の話を始めたとき、リコはそう考えて唇をゆがめた。

「カンジさんが初めて手紙をくれた時、私はまだ女学校の一年生でねぇ」

日当たりのいいラウンジで車椅子に腰かけ、千代子はデイケアの庭に咲くケイトウに目を細めている。要介護2に認定されたばかりの千代子だが、認知症の症状は日々進行していて、今では記憶に障害が出る。

足腰が弱り、安全のため車椅子を利用するが、週に一度は理学療法士と歩く練習をしており、まったく歩けないわけではない。「寝たきりになって、みんなに迷惑をかけたくないからね」というのが千代子の口癖で、健康状態を維持しようとする意志は強い。

「千代子さん、お昼を取ってくるからね」

リコは、千代子をテーブルのそばに残し、食事のトレイを取りに向かった。今日のメニューは、カレイの煮つけと野菜の煮物だ。

千代子は、おとなしく窓の外を眺めて待っている。大きなカラスが、軒先に留まって遠くを見るふりをしている。デイケアに通う患者が、食べ残したパンやおかずをやるので、頭のいいカラスは期待して待っているのだ。

「はい、千代子さん。千代子さんの大好きなカレイよ」

「あら、美味《おい》しそう」

リコの声に、彼女は振り向いて口をすぼめ、笑顔を見せた。笑うと顔中にこまかい皺《しわ》が寄る。今年、九十一歳になったと聞いている。

要介護2と言っても、ひとりで食べることはできるし、ポータブルトイレもひとりで使える。足腰が弱ったことを別にすれば、生活面ではほぼ支障がない。日付や曜日の感覚がほとんどなくなり、自分がどこにいるのかも、ともすれば曖昧になる。もう自分ひとりで出歩くことはないが、バスや電車の乗り方も忘れてしまった。家族の顔だけは覚えているらしいのが救いだ。

千代子は、体調がいい日はリコのこともよく覚えている。具合に波があり、今日はとても調子のいい一日だった。

「リコさんは若いから、わからないでしょうけど、当時は結婚前の男女が手紙のやりとりをするだけでもスリルがあってね」

「カンジさん」が、あの手この手で家族や隣人の目を盗んで手紙を渡す様子を、千代子は身振りもまじえて面白おかしく語る。適当にあいづちを打ちながら、リコは千代子だけでなく、同じ丸テーブルについた四人の通所者の食事も介添えをする。

――まあ、名前を覚えてくれただけでもありがたいけどね。

西区のデイケア「やすらぎハウス」にヘルパーとして勤めて二年、多忙な上に重労働で汚れ仕事、なのに給与は最低賃金に毛が生えた程度という、想像以上につらい業務内容だ。自宅近所のケーキ屋のアルバイトのほうが、時給がいいと知って愕《がく》然《ぜん》としたこともある。あと何年かすれば三十代の大台に乗るというのに、結婚の気配すらない。これで大丈夫かと焦りもする。

一生懸命にお世話をしても、名前も覚えてもらえないのでは、正直、やっていられない。

ぽたぽたと煮物の汁を食べこぼすヨシノを介助し、顎に垂れた汁を拭ってやりながら、リコは千代子の話も聞いている。ヨシノの隣では、マルイが嫌いなニンジンを皿の上で丁寧により分けている。認知症になったころから、嫌いなものを我慢して食べるのはやめたようだと家族が話していた。

「とびきりの男前とは言い難かったけど、目元のさわやかな学生さんでね。口が大きくて、その大きな口でこう、にかっと笑う表情が男らしくて」

千代子はカレイを小さく割って口に運びながら、「カンジさん」を楽しげに描写する。「カンジさん」に赤紙が来て、特攻部隊に入ったのだが、出撃命令が下る前に戦争が終わった。命を長らえた「カンジさん」が生還すると、終戦の二年後に、千代子は彼の求婚を受け入れ、若くして花嫁になった。

戦後の波乱万丈をふたりで乗り越え、子どもは三人、みんな順調に成人して独立し、「カンジさん」は数年前に亡くなったが、今では孫が七人もいる。そろそろ、ひ孫が生まれそうだ。千代子の物語は、そういうハッピーエンドでしめくくられる。

テーブルの他の四人は、千代子の話など聞いておらず、ただ黙々と目の前のものを食べている。みな、食欲は十分あるようだ。

「そうよ。カンジさんが私の初恋だったのよ」

千代子が、遠い場所を見る目つきで、うっとりとそう語る。

――だが、「カンジさん」など実在しないことを、リコは知っている。

村松千代子の夫は、村松精史郎《せいしろう》。西区の端っこに昔からある鉄工所の社長だった。精史郎も大戦末期、兵隊には取られたそうだが、内地の事務職だったので、戦後はすぐに戻ってきたらしい。

精史郎は昭和が平成に変わってすぐ、鬼籍に入ったが、子どもはふたり、孫が五人、ひ孫もふたり。「カンジさん」との間の子どもたちとは数が合わない。時おり、デイケアで合流する長女とその子どもらの顔や名前を、千代子はしっかり記憶しているので、「カンジさん」の子どもたちとの記憶と、どう折り合いをつけているのか、謎ではある。

そんな家族の歴史を、リコは千代子の長女からしっかり聞いて、確認している。だから、間違いなく「カンジさん」は実在しない。

——なのに、千代子の物語の、リアルな手触りときたら。

認知症になると、新しいことを記憶するのが困難になるが、古い記憶は鮮明に覚えているものだという。だが、千代子のケースはそれとも違う。記憶を捏造《ねつぞう》しているのだ。実際には起きなかったことを、起きたと思い込んでいる。

不思議な話だった。

——ひょっとして、本当は千代子さんの片思いの相手だったとか。

初恋は実らないというではないか。

夫との結婚生活とは別に、千代子の脳裏には、片恋の相手との「夢の暮らし」がリアルに息づいているのかもしれない。

「カンジさんにも食べさせてあげたい。カレイの煮つけは、彼の大好物だったの」

皿の上の魚を見つめ、千代子が吐息を漏らす。芝居をしているようにも見えず、本心から「カンジさん」を懐かしがる様子が窺《うかが》えた。どこからが現実で、どこからが想像の世界なのか。霧に包まれ切り分けできない世界を見ているような気分だ。

「人間の記憶なんて、意外とかんたんに上書きされるんだってよ」

スーパーで買ってきた天ぷらを肴《さかな》に、ビールを飲みながら浩介《こうすけ》が重々しく言った。

「そうなの？」

浩介は、時々リコのアパートに来て、夕飯を食べて泊まっていく「男友達」だ。

警察官をめざして警察学校に入ったものの、訓練の厳しさに耐えられず、途中で脱走した。警察官になる夢は諦めて、他の職を転々としたあげく、今は警備会社に勤めている。

「そうなんだって。たとえば、痴漢の被害に遭った女性に、犯人とは似ても似つかない男の写真を見せて、『犯人はこの男ではなかったですか』と警察官が尋ねるとするじゃない。それだけで、被害者の女性の記憶が上書きされて、その男が犯人だと思い込んでしまうことがあるんだって。記憶の中で、白人男性が黒人男性にすり替わったりもするって」

「何それ、ひどい」

「ひどいっていうか、人間の記憶なんて、そのくらい適当ってことだよね。研究が進んでそれがわかってきたから、警察官も被害者の証言を得る時には、質問のしかたに注意しないといけないって言われてるんだ」

「ふうん」

リコは、あいづちを打ちながら、レンコンの天ぷらをひと口齧《かじ》った。スーパーで買ってきたのを電子レンジで温めただけだが、なかなかいける。

デイケアに風変わりなことを語る女性が来ていると、千代子の「カンジさん」の話を聞かせたところだ。しばらく何やら考えていた浩介の口から、そんな話が飛び出したので、リコも驚いた。

「それ、警察学校で聞いたの？」

浩介が、ばつの悪そうな表情になる。

「――そうだよ。言っとくけど俺、座学の成績は良かったんだからな。体力なくて、これじゃ死ぬと思ったから逃げたけど」

もったいない、と言いかけて口をつぐむ。もう少し頑張れば警察官になれたのにと残念だが、その判断は浩介がすべきだし、死なれてしまっても困る。

「千代子さんの記憶も、何かのきっかけで上書きされちゃったのかなあ」

「かもね」

幸いなことに、悪い記憶ではない。だが、デイケアに来るたび「カンジさん」の話をしているようでは、自宅で世話をしている娘らは、どう感じているのだろう。自宅でも、同じように彼の思い出話を語っているのだろうか。死んだ父親とは似ても似つかぬ男と、添い遂げたという夢物語を。

「記憶がそんなに適当ならさ、悪い記憶を良い記憶に置き換えられたらいいのにね。そしたら、人間もっと前向きに楽しく生きられるんじゃない？」

「どうかなあ。悪い記憶に潰されるやつもいれば、推進力に変えるやつもいるし」

「推進力？」

「たとえば、子どものころに不幸だったから、同じように不幸な子どもを増やさないために、社会を良くしようと考えるとかさ」

ひょっとすると、浩介はそれに近いことを考えて、警察官になりたかったのだろうか。ふと、そんなことも考える。

――それなら、夢をあきらめずに、もう少しだけ頑張ればよかったのに。

喉元まで出かかっている、そんな言葉を呑みこんだ。

千代子が「やすらぎハウス」に来るのは、週二回、火曜と木曜だ。火曜は理学療法士についてリハビリをし、木曜は入浴とレクリエーションを行う。

二回とも、長女の康子《やすこ》が車で迎えに来る。

「お世話になりました。お風呂入って、さっぱりしたね、お母ちゃん。帰ろうか」

康子の言葉に、千代子はふんふんと頷《うなず》く。

その日も一日中、「カンジさん」の思い出話を聞かされていた。

「おうちでも、よくお話しされるんですか。『カンジさん』のこと」

ためらったが、ふと尋ねてみたくなった。家族には言うまいと思っていたが、疑問がふくらんでいたのかもしれない。

「カンジさん？　どなたのことでしょう」

康子が微笑みながら首をかしげたので、驚いた。

――家では話していないのか。

それならいいんです、気にしないでと言いかけた時、千代子が顔を上げた。

「何を言ってるの。カンジさんじゃないの。私の旦那様の」

ぽかんと口を開いた康子の表情が、見ものだった。その顔を見て、この話を聞くのが初めてなのだと、はっきりわかった。

「——ちょっと、何を変なこと言ってるのよ、お母ちゃん！　お父ちゃんは精史郎でしょ」

「カンジさん、知らないの？」

「やめてったら。そんな人の話、聞いたこともないし」

あのう、とリコは康子に声をかけた。

「ひょっとして、亡くなられたお父様のことを、カンジさんと呼んだりはされていませんでしたか」

「いえ——。そんな名前は聞いたこともありません」

康子は動揺を隠せない様子で、あたふたしながら千代子の車椅子を押し、挨拶もそこそこに車に乗せて立ち去った。

——認知症、か。

病気はどんなものでも辛いが、認知症はやるせない病だ。人間をその人たらしめている記憶や人格が、損なわれていく。時間の感覚や、場所の感覚を失い、家族の顔も見分けがつかなくなる。今までできたことが、少しずつできなくなっていく。

何もいま千代子の正確な病状を康子に知らせなくてもよかったのではないかという後悔と、今のうちに知らせて正解だったという確信とが、両方ある。

次の週の火曜日は、康子が電話をかけてきて、千代子の体調が悪いのでリハビリも休ませると言った。

——本当に、体調の問題だろうか。

千代子が「カンジさん」の話を自宅でも語り始め、混乱した家族が、外聞が悪いと心配して休ませようとしているのではないか。

千代子はその週の木曜も、翌週の火曜も休んだ。

「最近、村松千代子さん、来ないわねえ」

「やすらぎハウス」の施設長、杉本《すぎもと》に呼ばれて事務室に行くと、そう尋ねられた。

質問というより、探りを入れているような目つきだった。患者とスタッフの間に、あるいは患者同士で、トラブルでも起きたのではないかと勘繰っているのだろうか。

「——すみません。実は、ご家族によけいなことを言ったかもしれません」

リコは、千代子の「カンジさん」の話を、最初から説明した。

「たしかに、不用意なことをご家族に話してしまったかもしれないけど、それでリハビリを休むというのもねえ」

杉本は眉をひそめている。

「とにかく、あなたの責任じゃないわね。機会を見つけて、村松さんのお宅を訪問して、様子を見ましょう」

「そうしてもらえると助かります」

一応は責任を感じていたので、杉本の対応にホッとした。

「それにしても、珍しい話よね。死んだ夫と、まったくの別人を取り違えてるっていうのね」

「千代子さんの中では、カンジさんと精史郎さんのふたりが同時に夫だということに、違和感がないみたいなんです。変ですよね」

「認知症の事例としては、私はほかで聞いたことがないわね。本当に認知症のせいなのかな。演技だという可能性はないの？　あるいは、もともと夢見がちな人だとか？」

——本当に認知症なのか。

その疑問が、杉本の口からあっさり飛び出したことにひるんだ。リコだって、一度はそう疑ったこともあったが、今は違う。

「演技ではないと思います。認知症のせいかどうかまではわかりませんけど、千代子さんは本気で、カンジという男性が夫だと思い込んでいるみたいですよ」

しばらく、杉本は考えこんでいた。

「演技でもなく、認知症でもなかったら、ほかに何が考えられる？　本当に夫がふたりいたとか？」

「夫だけなら、ありえるかもしれませんけど、千代子さんの話が真実なら、無理ですよね。両方の男性との間にお子さんがいるんですから。精史郎さんとの間にふたり、カンジさんとの間に三人。それって、妊娠中にバレないわけがないし」

「それなら、ぜんぶ千代子さんのファンタジーってことになるわけか」

ファンタジーと呼ばれることには、他人事ながら抵抗を覚える。おそらくそれは、千代子が語る「カンジさん」像が、あまりにも真に迫っていて、おまけに親切で愛すべき人物のようだからだ。聞いているうちに、こちらまでほのぼのとして、好感を抱いてしまう。

「――そういえば、千代子さんが話すカンジさんの思い出話って、十代、二十代の頃に集中しているかもしれませんね」

「戦後の波乱万丈って、話してたんじゃなかったっけ？」

「そのへんは、わりとあっさりしてるんですよ。戦後は、闇市で小さな食堂を開いて、にぎわったんですって。最初のころは、物資を手に入れるのも難しくて、配給じゃ間に合わないから、それこそ闇で食料を手に入れようとして、運搬する間にカンジさんが警察に捕まったりもして。そういう大胆なエピソードは豊富なんですけど、考えてみれば、その時のカンジさんの言葉とか、表情なんかはほとんど話に出てこないですね。千代子さんが現場にいたわけではなく、カンジさんから聞いたという話が多くなりますし」

「本で読んだり、テレビや映画なんかで見たりしたエピソードかもしれないってこと？」

杉本は勘がいい。たしかに、リコもそんなふうに感じたことがある。

「全部ではありませんが、そういうのも交じっているのかもしれませんね」

「認知症にそういう症例もあるのかな。ちょっと、医師や看護師さんに聞いてみる。だけど、私たちが直接、それは妄想だと千代子さんに指摘したりするのは、やめておこうね。私たちは、たとえそれが千代子さんの妄想やファンタジーでも、害にならない限り、あいづちを打って聞き流しましょう。いちいち、それはあなたの妄想だと指摘しても、千代子さんを傷つけこそすれ、いいことはひとつもないものね」

「そうですよね。わかりました」

だが、家族はそういうわけにはいかないだろう。母親が、もうひとつの人生について語り始めるのだ。父親とは別の男性と結婚していたという、不思議な妄想の世界。まるで、自分たち家族の歴史が、最初から存在しなかったかのように。

足元がぐらぐら揺れて崩れだすような、危険な感覚がするに違いない。

長女の康子の反応を思い出すと、やはり言うべきではなかったと後悔した。

——それにしても、それまで康子が知らなかったというのも妙な話だ。

それまで千代子は、自宅では「カンジさん」の話をしなかったのか。家族に聞かせる話題ではないと、ブレーキが働いたのだろうか。


次の木曜は、康子からの電話がなかった。

心配してこちらから電話をかけてみたが、留守番電話になっていた。次の朝になり、ようやく康子が電話をかけてきた。

『お電話するのが遅くなってすみません。実は昨日、母が亡くなりまして』

康子は涙声で、時おり話し声が震え、事態が急に動いたために、彼女もまだ現実に対応しきれていないようだった。

「まさか、こんな急にお亡くなりになるとは思いませんでした。千代子さん、あんなにお元気そうでしたから――」

驚いたリコが口ごもると、康子も電話の向こうで嗚咽《おえつ》を漏らした。

『先週、やすらぎハウスをお休みした頃から、急に体調を崩しまして』

「原因は何だったのですか」

『お医者様の診断では、肺炎だったそうです。こんな急に――』

「やすらぎハウス」にいたときは、肺炎の徴候などまったくなかった。ひょっとすると、高齢者によくある誤嚥《ごえんせい》性の肺炎だろうか。

通夜と葬儀の日程を聞き、通話を終えた。

デイケアの通所者は、体調を崩して急に来なくなったり、そのまま亡くなったりするケースも珍しくはない。リコの報告も、そのひとつとしてすんなりスタッフらに受け止められた。

「残念だったね。あまり気を落とさないで」

施設長の杉本には、そう声をかけられた。彼女も、千代子の急逝を特に怪しんではいないようだった。

デイケアの毎日は、滞りなく過ぎていく。

千代子が現れなくなったことを、ほかの通所者が怪しむこともない。千代子と親しかった女性が、ひとり、ふたり、いないでもないが、彼女らはじきに千代子のことを忘れた。

「あれ。——誰か、足りないね？」

レクリエーションの木曜日、ヨシノがおぼつかなげにそう尋ねたが、もぐもぐと口を動かしながらメンバーを見回し、しばらくすると誰か足りないことも気にならなくなったようだった。「やすらぎハウス」では、通所者が亡くなった時も、わざわざほかの通所者にそれを告げることはほとんどない。通所者やその家族から、「あの人はどうしたの」と尋ねられたら、ようやく「実は」と切りだす程度だ。

死と忘却は、いつも身近にある。

わずか数か月後には、マルイが自宅で転倒して腰椎を骨折し、するすると認知症が進行して家族の顔も忘れ、入院先の病院から、そのまま介護施設に受け入れ先を見つけて転院することになった。代わりに、新しい通所者が「やすらぎハウス」に通い始め、多忙にまぎれ、リコの脳裏からも、少しずつマルイや千代子の面影が消えていく。

人が人生の終盤に認知症になり、ものごとを忘れやすくなっていくのは、そう悪いことでもないのかもしれないと、リコは思う。

大事な人や、たいせつなもののことを、あまり鮮明には覚えていられない。誰かが消えても、すうっと忘れていく。

強い愛情や執着心など、どこかに置き忘れてしまったかのようだ。

だがそれが、「おしまい」を緩やかに受け入れるための、最良の方法のようにも見える。

本人にとっても、そして家族にとっても。

桜井好子《さくらいよしこ》が「やすらぎハウス」に通い始めたのは、千代子が亡くなって、半年ばかり後のことだった。

好子は小柄な八十代のおばあちゃんで、ほとんど真っ白になった髪を短くカットし、杖を使って自力で歩く。イチゴと米を作る農家に嫁に来て、夫は中学校の教師をし、嫁の好子が義理の両親とともに農作業に勤《いそ》しんでいた。両親が亡くなると、好子が農作業の中心だ。

ずっと腰をかがめて作業をしていたせいで、好子の身体は、腰のところで直角に曲がっている。その身体を、杖で支えて達者に歩いていく。

夫は校長まで勤めあげて定年退職し、その後、十五年あまり好子と農作業をしながらのんびり暮らして、ある日ぽっくり先立った。今は、近所に住む息子夫婦が、時おり好子の様子を見に来るが、基本的にはひとり暮らしだ。

そんな基本情報は、すぐスタッフ間で共有したのだが。

「あんた、盗《と》ったやろ！」

お昼のトレイを取りに離れ、わずかな時間の後で戻ってみると、いきなり好子に怒鳴られて、リコは面食らった。

「あたしの財布、盗ったやろ！」

中庭が見えるラウンジの丸テーブルに手をつき、小柄ながら鬼の形相で好子がこちらに指を突き付けている。

「――好子さん、何のこと？」

「ごまかすな！　あんたしかおらんやないか。あたしがポケットに入れておいた財布、あれへんようになったわ！」

大声で好子がわめくので、施設長の杉本が、急ぎ足に近づいてくる。

「どうされました？」

とんでもない濡《ぬ》れ衣《ぎぬ》で、好子の激しい剣幕と、あまりにひどい言いがかりにリコが声も出せずに震えていると、杉本が丁寧に好子に話しかけて宥《なだ》め、別室に連れ出してくれた。

他の通所者らは、最初のうちこそ興味深くこちらを見守っていたが、すぐに関心を失い、自分の目の前の食事に集中し始めた。

「最初から、財布なんか持たせてないのよ、あのお嫁さんが」

後で、杉本がため息をつきながら教えてくれた。

「好子さん、被害妄想ぎみだそうでね。若い頃から、少しそういうところがあったらしいけど、認知症でそれが強く出てきたのね」

「やすらぎハウス」に通うにあたり、息子夫婦からそんな事情も聞いたそうだ。

好子が当たるのは、リコだけではない。他のスタッフはもちろんのこと、同じ通所の高齢者も疑い、「誰かが盗った」「なくなった」と激しい口調で責める。そうなると通所者らがおろおろするので、好子と一緒にすることができず、食事は彼女だけ別のテーブルにしたり、レクリエーションも単独行動にしたりと、工夫が必要で、スタッフはよけいな神経を使う対応を強いられた。

「だけど、よそでもきっと、ああして辛く当たるものだから、断られたのだと思うのよね。うちでも断ると、もう他に行き場がないとお嫁さんが言ってた。うちで対応できる間は、なんとかしましょう」

杉本がスタッフミーティングでそう話したが、正直、迷惑だと感じたスタッフもいたはずだ。今どき、デイケアや老健のヘルパーは、重労働だけに成り手が少なく、よそに行こうと思えばかんたんに行ける。杉本の善意は、危険もはらんでいる。

好子は、折り畳み式のガラケーだけは、息子夫婦に持たされて、首から紐で掛けている。足腰が達者なので、時々ふいに、ひとりで出かけて周囲を驚かせる。いちおう自力で戻ってくるので、徘徊《はいかい》と呼ぶのもおかしく、一種の「お出かけ」というべきだろうか。

ある日は、廊下の隅から好子の大きな声が聞こえてきた。中庭に小さな菜園があり、キュウリが実をつけたので、食べられそうなものを通所者と一緒に収穫しようとしている時だった。

「あんたはあたしのお金が目当てなんやろ！」

ドキリとして、庭から廊下を覗《のぞ》き込むと、険しい表情の好子が、トイレから出てきてすぐのあたりで、ガラケーを耳に当てて怒鳴っている。どうして誰もスタッフがついていないのかと不審にも感じたが、おそらくちょっと目を離した隙に、電話

れば、息子夫婦だろうか、それとも別人か。

「そんなにあたしのお金が欲しかったら、あたしを殺して持っていき！」

きつい言葉に、リコは息を呑んだ。相手はいったい誰なのか。話の内容からすれば、息子夫婦だろうか、それとも別人か。

これも好子の被害妄想かもしれないが、こんな言葉を投げつけられたほうは、たまったものではないだろう。

認知症で、ものごとを穏やかに忘れていくのが、悪いことではないと考え始めていたリコには、百八十度、考え方を転換させられるような言葉だ。

認知症といっても、人それぞれだった。人格の良い面が滲み出る人もいれば、それまで誰にも見せたことのない、横暴な面が顔を覗かせることもある。

好子とは、なるべく距離を置いて世話をしようという気持ちになりかけていた。

「――おや、今日はカレイの煮つけやね。これ、カンジさんの好物やったんや」

好子が通い始めて、何週間たったころだろうか。

食事のトレイを置いた時、好子がそう呟《つぶや》いた気がして、思わず「えっ」と聞き返した。

好子はじろりとこちらを睨《にら》むように見て、それきり黙ってスプーンでカレイの身をほぐすことに専念している。

——今、カンジさんって言わなかった？

カレイが好きなカンジさん。千代子と同じことを言うではないか。

まさか、同じ男性の話ではないだろう。好子と千代子が、同じ「カンジさん」を知っていた可能性はあるだろうか。千代子の年齢は九十一歳、好子は八十五歳。六歳しか違わないのなら、互いに知り合いだったとしてもおかしくはない。

「好子さんの知り合いに、カンジさんっているんですか？」

好子のテーブルには、彼女ひとりしかいない。黙々と食事を口に運ぶ好子に、そう話しかけてみた。いつもは、食べる間はおとなしい好子に安堵《あんど》しながら、他の通所者の世話に向かうのだが。

「知り合いも何も。あたしの旦那やがな」

好子がそっけなく言った。

——いや、それはない。

リコは言葉を失い、その場をそっと離れる。好子の亡き夫は、そんな名前ではない。ちゃんと、書類でも確認済だ。

——また、妙なことが起きている。

よっぽど、施設長の杉本に相談しようかと思った。だが、共通点は「カンジ」と「カレイが好き」、それだけだ。しっかり者で現実主義者の杉本に言えば、笑い飛ばされるかもしれない。

あるいは、好子は誰かから千代子について聞かされたのだろうか。以前、「カンジさん」を慕う女性がここにいたのだと。

それから一週間も経つと、好子が目に見えておとなしくなった。

怒らない。怒鳴らない。「盗られた」「なくした」の言いがかりもつけない。食事の間、ひとりでスプーンを握りながら、どうして自分のテーブルには誰も来ないんだと言いたげに、通所者でにぎわう他のテーブルを見回し、寂しげにしている。

「あれなら、他の人と一緒にしても、大丈夫なんじゃないかな」

杉本が様子を見て判断し、ほかの通所者と同じテーブルにつかせてみたところ、前とは打って変わって穏やかに、時には笑顔さえ見せて周囲と喋《しゃべ》るようになった。

好子に振り回されてきたスタッフは、おおいに胸を撫《な》でおろしたわけだ。

「カンジさんが、初めてあたしに手紙をくれた時はな」

時おり、ほかの通所者相手に、好子がそんな話を始める。リコは、背筋が涼しくなるので、なるべく聞かないようにしている。あまり、通所者らの個人的な事情には立ち入らないようにしようと、考え始めた。

それでも、いくら耳をふさいでも、こうしてラウンジで好子が語り始めれば、耳に入ってしまう。

「とびきりの男前ってことはないねんけど。感じのええ人やってん」

「肩幅の広い、胸板の厚い、しっかりした体格でな」

無愛想で、いつも怒ったような顔をしていた好子が、「カンジさん」の話をする時だけ、柔和で優しげな表情を浮かべる。こういっても良ければ——ほとんど、幸せそうな顔をしている。

ある時は、ヨシノが同じテーブルにいた。彼女は黙々と和風ハンバーグを食べていたが、ふいに顔を上げ、「——千代子さん?」と好子に向かって呟いた。

彼女も、好子の言葉から、千代子を連想したのだ。同じ男の話をしていると、気がついたのだ。

千代子と好子。さりげなく、家族らに確認しても、ふたりの間に接点があったとは思えない。カンジという知人がいたという話もない。ふたりとも、同じ男性に初恋をして、結婚した。六年の時間差があるので、カンジの生い立ちや職業などは、微妙に異なる。たとえば、千代子の「カンジさん」は、大戦末期に兵隊に取られ、あやうく特攻するところを命拾いした。好子の「カンジさん」は、学徒出動で工場勤務をしていて、終戦間際の大空襲で命からがら逃げのびた。

——そんな、馬鹿な。

ひょっとすると、そういうメロドラマ風の人気小説でもあるのだろうか。ふたりはそれを読んで、自分をカンジの恋人になぞらえているのだろうか。

ネットで「カンジ」という名前や、ふたりが語ったストーリーを検索してみたが、それらしいドラマや映画、小説、漫画などは見つからなかった。ひょっとすると、彼女らの年代の女性が読んでいた、古い小説なのだろうか。

「面白いというより、気持ち悪いよね。その話」

浩介は、リコの部屋で蒲鉾《かまぼこ》を肴に、ビールを飲みながら顔をしかめた。

「どうして相手の名前が同じなんだろう。好子さんと千代子さんは、面識ないんだよね」

「ないって。直接尋ねたわけじゃないけどね。好子さんのお嫁さんと、千代子さんの娘さんに聞いたの」

千代子の長女、康子は、今度は夫の母親が軽い認知症になったそうで、「やすらぎハウス」に通わせようかと考えて、ふたたびハウスを訪れていた。

千代子が亡くなる直前に、「カンジさん」の件で微妙な雰囲気になったことなど忘れたようで、康子はごく普通にリコにも話しかけてきた。

ちょうど好子が来ていたので、康子は彼女を見かけたのだが、何も気づいた様子はなかった。少なくとも、康子は彼女のことを知らないらしい。

「ねえ、飲みすぎてない？　明日、金曜日だから、朝早いんじゃなかったっけ」

リコは、浩介が飲み干したビールの空き缶に顔をしかめた。もう半ダースではきかない。

「うーん。あの会社、人使い荒いんだよ」

浩介は赤い顔をして、唇をゆがめている。

「俺ら警備員、毎日、立ちっぱじゃん。金曜なんかさ、朝の七時から、午後五時くらいまで、弁当食べる以外、ずっと立ってんの」

浩介はいま、警備会社から派遣されて、ビル建設工事現場の交通警備をやっているそうだ。以前から、仕事が辛いとは聞いていた。

「座るところないの？」

「一応、パイプ椅子が用意されてるんだけどさ。ひっきりなしに、トラックやダンプが通るし、通行人も多いから、座ってる場合じゃないのよ」

たしかに、炎天下で首にタオルを巻いて、真っ黒に日焼けした警備スタッフなど街で見かけると、たいへんな仕事だなとリコも思う。だが、仕事なんてどれでもたいへんなものだ。知らない人が見たら簡単そうに見えたり、楽そうに見えたりする職業でも、裏にはそれぞれ、違う苦しみがある。

「あーあ。なんか、別の仕事ないかなあ。もっとパッとして、面白いやつ」

志があるから警察官になろうとしたのだし、その夢がついえても、最終的に近い職業として警備員を選んだのだ。そう感心していたから、浩介の言葉にリコはがっかりした。

浩介はあくびをして、ごろんと床に横になった。腕を枕に、そのうちすやすやと寝息をたてていた。

「好子さん、今日のリハビリはお休みですって」

スタッフからそう言われ、リコは無意識に頷いた。正直、好子のことまで気にかけていられない心境だ。

問題は浩介だった。

浩介はあれからぐっすり寝入ってしまい、今朝はどれだけ起こしても起きなかった。朝の七時から現場に入らなければいけないと言っていたので、通勤時間を入れても一時間は必要だ。六時前から起こしたのに、結局、浩介が起きたのは、七時七分過ぎだった。

(どうして起こしてくれなかったんだよ！)

悲痛な声を上げ、浩介は慌てて飛び出していった。

(起こしたよ！　何度も何度も！)

リコも怒って怒鳴り返したが、はたして浩介の耳に届いていただろうか。

――あたしは、浩介のママじゃないんだからね。

浩介はたぶん、今日の遅刻をリコのせいにする。前にも一度あった。自分が起きなかったのを、リコが起こさなかったせいだと腹を立てた。

そういう男なのだ。

みんな他人のせいにする。警察学校から逃げ出した時だってそうだ。自分の体力ではついていけないくらい、とんでもない訓練だった。このままでは死んでしまうと思ったから、逃げ出した。自分は悪くない。そう言うのだ。

そうして、いったいいくつ、仕事を変えただろう。

反省しすぎる人生も、良くないとは思う。

だが、浩介はこれっぽっちも反省しない。

——あの男でいいの？

自分に尋ねてみる。別に、結婚しようとは言われていない。浩介自身も、今の不安定な収入では、家庭を持つのは不安なのかもしれない。あるいは、家族に責任を持つのが嫌なのかも。

そうは言っても、二十代も後半に差し掛かれば、一応は考えておくものだ。浩介と結婚した場合、しなかった場合。

家庭を持ち、責任のある立場になったとたん、人が変わったようにしっかりとする人もいる。それは、見聞きしている。だが、浩介の場合、そんな大変身を遂げられるだろうか。彼の意識が、急に変わったりするだろうか。

近ごろは、リコの家に遊びに来るときも、手ぶらで現れるようになった。平気な顔でビールとつまみを要求する。こちらも心得ているから、缶ビールを用意しているが、だんだん彼の態度が鼻につくようになってきた。

スマホが短く鳴った。見ると、浩介からメッセージが届いていた。

『今朝はゴメン。遅刻はなんとか勘弁してもらいました』

牛が、手を合わせて謝る絵がついている。

一応、悪かったとは思っているらしい。

「わかった。これから、ちゃんと自分で起きてね」

そう返信し、リコはスマホをしまった。


好子もそれからじき、「やすらぎハウス」に来なくなり、老衰で亡くなったと連絡があった。

——これで、ふたりめ。

好子が「やすらぎハウス」に来たころは、自分の足でしっかり歩いていたし、同じ年齢の女性と比べても、むしろ元気そうだった。

——まるで、「カンジさん」の呪いみたい。

だが、常に被害妄想にかられ、財布を盗られただの、お昼を食べたのに食べてないだの、怒りまくっていたことを思えば、「カンジさん」の思い出を語り始めたころからは、ずいぶん落ち着いて幸せそうだった。

そう言えば、千代子はどうだっただろう。

デイケアに来たころは、悲しげな目をしたおばあさんだった。好子と違って、攻撃的な性格ではなかった。他人を非難したりはしなかったが、ただただ、寂しそうな顔をしていた。

おそらく、本当に千代子は寂しかったのだ。

夫と死別して長かった。ふたりの子どものうち、娘の康子は近所に住んで世話を焼いてくれるとはいえ、旦那優先であろうことは、想像に難くない。康子が六十代、その子どもらは三十代。さらに康子の孫、千代子にとってのひ孫もいる。康子は、仕事に出る子どもらのために、孫を預かってもいたらしいから、その世話も大変だったはずだ。

九十代の千代子の年齢なら、友人の多くは鬼籍に入り、たとえ健在でも気軽に会おうとは言えないかもしれない。

だから、「やすらぎハウス」に来た。千代子はここに、話し相手を探しに来たのだ。

そう思えば、「カンジさん」ののろけ話に終始したとはいえ、ここに来てからの千代子はずいぶん楽しげだった。実際にはなかったことだとしても、「カンジさん」との暮らしを反芻《はんすう》し、もうひとつの人生を生き直していた。

——「カンジさん」って、いったい誰なんだろう。

あるいは、「何」なのだろう。

幽霊？　いや、相手に合わせてプロフィールを変える幽霊なんておかしくないか。誰かの心のすき間に、知らぬ間にするりと入り込んでいく。

他で聞いたことはないのだが、この「やすらぎハウス」限定で、人の心の闇につけこむような、そういう存在なのだろうか。

不思議なのは、千代子たちがふたりとも、すでに亡くなった人として「カンジさん」を慕っていたことだ。それなら、亡くなった本当の夫でもいいではないか。なぜその記憶を、死んでしまった「カンジさん」で上書きしてしまうのか。

つまり、言いたいのは。

——なぜ、生きている「カンジさん」ではいけないのか。

好子と千代子が「カンジさん」を慕う様子を思い返すにつけ、つくづくうらやましいと思う。

——自分にもあんな相手がいればいいのに。

「カンジさん」が何であろうと、あのふたりにあれほど幸せそうな表情をさせた相手なら、自分だって会ってみたい。

好子が来なくなってしばらくすると、ヨシノさんも姿を見せなくなった。認知症が進行し、デイケアではなく、特別養護老人ホームに移ったと聞いた。

この仕事の宿命とはいえ、どんどん入れ替わる通所者に、寂しいものを感じないわけにはいかない。

――仕事と割り切っちゃえばいいんだけど。

もやもやした気分を抱えて自宅に戻ると、約束していないのに、夜になって浩介が転がり込んできた。

「どうしたの？」

夜中の十一時にチャイムが鳴り、驚いて部屋に入れる。浩介は真っ赤な顔をして、すでにどこかで飲んで、できあがっているようだ。

「リコ～、今夜泊めて！」

酒くさい息を吐きながら、抱きついてくる浩介を押し戻す。

「泊まってもいいけど、あたし明日も仕事なの。浩介も、明日は早いんじゃなかった？」

「んー、もう仕事辞めてきた」

えっ、と驚きに目を瞠る。

浩介は勝手知ったる態度で冷蔵庫に近づき、冷えた缶ビールを一本取って、無造作にごくごくと飲み始めた。

「ちょっと、浩介。仕事辞めたって、どういうこと」

「いいの、いいの。別にさ」

浩介は、ぶらぶらと手を振った。

「どうってことないよ。また次の仕事を探すだけだから。ブラック過ぎて話にならないわ。炎天下に立って、出入りする車輛《しゃりょう》の安全を確認する仕事なんてさ。それで、給料いくらだと思う？　俺がいつまで、そんな仕事に満足してると思う？」

――だって、そういう仕事だと知ってて、勤め始めたんでしょう。

リコは唇を嚙《か》んだ。もともと、警察官になりたかったのは知っている。警備員は、犯罪者を追いかける警察官とは違う。そんなことは、最初からわかっていたはずだ。いったい、何度仕事を変えれば気がすむのだろう。

「だめだよ、浩介。そんなに簡単に、仕事なんか辞めちゃだめ。今からでも謝って、仕事に戻してもらいなさいよ」

「なんだよ、リコ。お前がそんなこと言うなんて思わなかった」

浩介は、酔った目を据えてふくれっ面をしている。

「だってそうでしょ。それって単なる浩介のわがままだよ」

「――リコにはわからないよ」

不満そうに、浩介はぷいとそっぽを向いて、缶ビールを呷《あお》った。

この男は、結局まだ子どもなのだ。朝、仕事に行くのに、起こしてくれる母親が必要な子ども。警察官になりたかったくせに、我慢がきかずに逃げてしまう。何ひとつ長続きしない。警備員になっても、やっぱり辛抱できずに仕事から逃げ出す。どれだけ逃げても、自分が悪いとは思わない。あくまでも他人のせい、会社のせいだ。

「出てって」

冷蔵庫に肘をついて、ビールを飲んでいた浩介の身体が、こわばった。

「いいから、出ていって」

「ちょっと待てよ、リコ。なに言ってるんだ」

リコは、玄関のドアを開け放ち、腕組みした。

この男は自分が求めている男ではない。そんな確信があった。

「浩介は、もっとまじめに生きてるんだと思ってた。全然、違ったんだね。もう無理。いいから、すぐ出ていって」

　最初、浩介が怒りだすんじゃないかと、少し怖かった。暴れたり、殴ったりするかもしれない。だが、しばらく呆然《ぼうぜん》としていた浩介は、やがて子どものように泣き始めた。酔っていたせいかもしれない。

「どうしてだよ、リコ。なんでだよ」

　リコが黙って、厳然とした態度を崩さずにいると、浩介は涙をぬぐい、最後の自尊心をかき集め、顎を上げて、ようやく部屋を出て行った。


「やすらぎハウス」の通所者は、半年前とはすっかりメンバーが変わってしまった。

　リコに親しく話しかけてくるのは、車椅子に乗ったカワシマと、歩行器に頼って歩くソエダだ。カワシマは、読書が趣味らしく、いろんな本の話をリコに聞かせようとする。あんまり熱心なので、適当にあいづちを打つのも申し訳なく、彼の話は真面目に聞いて、場合によっては紹介された本を自分でも読んでみる。

　ソエダは、園芸が好きな女性だった。中庭の菜園に、トマトを植えたり、ジャガイモを植えたりもして、来るたび丹念に世話をしている。理学療法も大事だが、自然に身体を動かすのはもっといいと、ふだんの生活のなかでそうする工夫をしているそうだ。

「リコさんは、近ごろ楽しそうに仕事しているね」

カワシマは足が悪いので要介護3の判定を受けているが、頭の働きは明晰《めいせき》だった。

「そうですかね」

リコは微笑み返す。

「うん、そうだよ。ひょっとして、最近いいことがあったのかな。家に帰ると、いい人が待っているとか」

セクハラとも受け止められかねないセリフだが、貴族的な容貌のカワシマは、人品も非常に紳士的で、彼の口から出ると、こんな言葉でも悪い気はしない。

「――実は、そうなんです。ハウスのみんなには、内緒にしてくださいね」

うふふ、とリコが小さく含み笑いをすると、カワシマは破顔してしっかり頷いた。

「それは良かったね、リコさん。何よりだよ。内緒にしておくから、彼としっかり、いい関係を育みなさいね」

「ありがとうございます」

にっこり笑って、頭を下げた。

恋人が、食事の好き嫌いを言わないのは、最高だ。

スーパーの総菜コーナーで、値引きされたポテトサラダや天ぷらのパックを買って帰っても、豚の薄切り肉が特売コーナーに置かれていることに気づいて、夕飯をしゃぶしゃぶにしても、何でも喜んで食べてくれる。

（リコは料理が上手だよね）

テレビに出てくるような、美しい顔立ちではない。どちらかと言えば、野性的で、ごつい顔と身体をしている。男らしいと言う人も多いだろう。

だが、リコが魅力を感じているのは、その笑顔だった。日焼けした顔に、真っ白な歯が覗く。いかにも健康そうで、底意のない爽やかな笑顔。むこうはリコを前からよく知っていたそうだが、リコは気づいておらず、ある日、手紙を渡されて初めてその存在を意識した。いまどき手紙とは古風な男だ。

近くの精密部品メーカーの工場で働いている。給料はさほど良くないが、真面目な勤務態度で社長にも可愛がられているらしい。

何もかも、リコの理想のタイプだった。

――これって、初恋だよね。

子どもの頃の、淡い恋心とは違う。この男は尊敬できる、この男なら一緒に暮らしたい。そういう、たしかな愛情を感じる。

これこそ、本物の初恋だ。

——あれ、だけどこんな話、どこかで聞いたことがあったような気がする。

近ごろ気づいたのだが、目の前にいるのに彼の顔がよくわからなくなることがあって、じっと見つめていると、そのうちくっきりと見えてくるのだった。くり返すたび、自分の好みの顔立ちになっているような、気もする。不思議なことだ。

「おかえり、リコ」

アパートに帰ると、先に来ている彼が、待ちかねたようにドアを開けてくれる。

室内からは、ごま油のいい香りがして、レンコンのきんぴらを作り始めているようだ。彼のきんぴらは、それはもう、ご飯にあうのだ。

——ああ、幸せだ。

「ただいま、カンジさん」

リコは、目の前の男に微笑みかけた。

再会

柴田よしき

柴田よしき（しばた・よしき）

東京都生まれ。1995年『RIKO 女神《ヴィーナス》の永遠』で第15回横溝正史賞を受賞し、デビュー。著書に、『激流』『聖なる黒夜』『ワーキングガール・ウォーズ』『青光《ブルーライト》』『風のベーコンサンド』『ドント・ストップ・ザ・ダンス』などがある。

1

横浜に来たのは初めてだ。

駅からバスに乗り、赤と白のタワーが近くに見えたところでバスを降りた。海の匂いがした。

「暑いね」

コウちゃんが言いながら、水色のハンカチでこめかみの汗をぬぐった。確かに暑い日だった。梅雨入りしたと天気予報は言っていたのに、どこまでも晴れて青い空に浮かぶ雲は、真夏の入道雲だった。

でも、私は楽しかった。コウちゃんと初めて、二人きりで過ごす日曜日。

コウちゃんとは、高校受験用の塾で知り合った。下町で生まれ育って、公立の小学校から公立の中学に進学した私には、地元の友達しかいなかった。違う学校の生徒と仲良くなる、というだけでワクワクした。

コウちゃんは横浜から私鉄で数駅のところに住んでいるのに、横浜には滅多に来ないらしい。

「だってお小遣い、少ないんだもん、横浜まで来ても何も買えないとつまんないよ。おかんと一緒に家の近くのデパートに行けば、自分のお小遣い使わずにいろいろ買って貰《もら》えるやんか」

コウちゃんは幼稚園の頃、大阪に住んでいた。なので、今でもたまに関西弁が言葉に混ざる。ママのことは「おかん」と呼ぶし、あかん、とか、かなわんなー、なんて言う。私は、コウちゃんのそんな喋《しゃべ》り方が大好きだった。

そしてコウちゃんは、コウちゃんのママと仲がいいみたいだ。羨ましかった。私は私のママが苦手だ。

私のママは、いつもきちんとしている。綺麗好きで掃除や整理整頓が上手で、家の中はいつだってピカピカ。それは悪いことじゃないけれど、私にも掃除しろ、片付けろとそればっかり言うのがとてもうるさい。煩わしい。それだけでなく、中学生になってからはとにかく、勉強しろ勉強しろ。内申点が悪くなるといけないので部活には入るよう言われたけれど、軽音楽部に入りたいと言ったら怒られた。何でもいいから運動しなさい。運動部にいる子の方が内申点が良くなるそうよ。ほら学年主任が顧問やってるテニス部にしたら？　ラケットは買ってあげるから。え、水泳部？　だめだめ、水泳部の顧問は国語の新井《あらい》先生でしょう、あの人は日教組よ。校長と仲が悪いらしいじゃないの。

ママの言うことは、いつもこんな感じで私には何のことやらわからない。そしてママは、私の希望など聞いてもくれない。そして私は、面倒になって結局、ママの言う通りにしてしまう。だから私はテニス部に入った。公立中学なので硬式はなく、軟式テニスだ。どうせなら硬式がやりたかった、と軽く愚痴ったら、だからもっと勉強して私立に受かればよかったのよ、落ちて公立に入ったのは自分のせいでしょ、と言われたので、もう二度とそのことは口にしないでおこうと思っている。

勉強しなかったのは事実だった。中学受験なんて、本当はあまり乗り気ではなかったのだ。ただその一方で、自分の成績ならばそんなに勉強しなくても第一志望に受かる、と、なめてかかってもいた。どうしても私立に行きたいというわけではないのに、公立に入学することはまったく想像していなかった。第一志望はおろか、第二志望にも落ちて、現実の厳しさを思い知った。私よりも成績が悪かったはずの子が、私が落ちた学校に合格していた。私がママの目を盗んで勉強をサボり、遊んでいた間に、その子は猛勉強していたのだろう。

後悔はしたけれど、失望はしなかった。別に公立中学が嫌ではなかったし、どうせ友達ができないのは、どこに行っても一緒だ、と思っていたから。私は「変な子」だった。同級生たちが夢中になるようなものには興味がなく、多数決をとれば大抵は少数派。先生の言うことにもよく反論した。かと言って、態度が大きい割には不器用で要領も悪い。だからなんとなく嫌われたり疎まれたりしたし、時々いじめの対象にもなった。けれどさほどひどくいじめられもしなかったのは、たまたま同級生たちがいい子ばかりだったという幸運なのか、それとも他に理由でもあったのかはよくわからない。

ただ、中学でも似たようなものだろうと最初から何も期待しなかったので、自分から積極的に友達を作ろうともしなかった。漠然とではあったが、この広い世界のどこかには、自分と気の合う人間もきっといるに違いない、そうした人間とは、いつか出逢うべくして出逢うだろうから、焦る必要はないと思っていた。ある意味、私は楽天家だったのかもしれない。

そして私はコウちゃんに出逢った。

話しかけたのは私からだった。それだけでも特別なことだ。なぜ話しかけたいと思ったのか、その時の気持ちをきちんと説明することは難しいけれど、とにかく一目見た途端に、コウちゃんと知り合いたい、と思った。仲良くなりたい。友達になりたい。

きっかけはすぐに見つかった。コウちゃんの持っていた筆箱には、青林檎《りんご》のシールが貼られていた。

「ビートルズ、好きなの?」

それだけで良かった。ビートルズが設立したアップル・レーベルのシールは、私も持っていた。レット・イット・ビーのアルバムを買ったらくれたから。

コウちゃんはポール・マッカートニーが好きだと言った。私はリンゴ・スターがいちばん好きだった。日曜日ごとに塾で会うたびに、ビートルズの話ばかりしていた。もうとっくに解散してしまったバンドだったけれど、話すことは尽きなかった。

そして今日、初めて、塾以外の場所で会うことになった。今週から期末テストが始まるので、一学期の塾は先週でおしまい。けれどそのことを親には言わず、塾に行くと言ってコウちゃんと待ち合わせした。正直に言えば、期末テスト前に遊び歩いてはいけません、と却下されてしまう。コウちゃんの両親は私のママのようにはうるさくないらしい。成績が下がらなければ、試験前に遊びに行っても怒られない、と言っていた。約束をしてから今日までの二週間、本当に待ち遠しかった。友達だと胸を張って言える友達がやっと見つかって、その友達と日曜日を過ごす。しかも横浜で。

横浜、というだけでも洒落《しゃれ》ている。私が生まれ育った下町の、縫製工場から流れて来る酸っぱいような臭いと、近くの川にびっしりと浮かべられた丸太の皮が水に浸かって腐って放つドブの臭い、そんなものは横浜にはなかった。

潮の香り。

街路樹と美しい道路。

胸が躍った。

赤と白に塗られたタワーに昇り、展望室から横浜の海を眺めた。白い大きな船が見えた。氷川丸《ひかわまる》だ、とコウちゃんが教えてくれた。タワーを降りて船まで行ってみると、中を見学できることが判《わか》った。船の中は思ったよりも広くて、古めかしい内装が素敵だった。船を出るとちょうどお昼で、今朝は興奮して早起きしていたのでお腹が空いていた。お年玉を貯めたお金を貯金箱から出して来たので、軍資金はあった。でもコウちゃんにその気がないみたいだったので、レストランに入るのは諦め、公園の中に店を出している屋台でホットドッグとコーラを買い、海がよく見えるベンチに並んで座った。

「この海って、太平洋だよね」

コウちゃんはピクルスが苦手らしく、つまんで捨てようとしていたので、私のパンの中に挟んでもらった。私はピクルスが好きだったのだ。

「ハワイにも繋《つな》がってるんだよね」

「コウちゃん、ハワイ、行きたいの？」

「行きたい。サーフィンやりたい」

サーフィン。考えたこともなかった。どんなスポーツなのかは知っているけれど、もっと大人の、大学生とかがやるものだと思っていた。

そうか。コウちゃんは横浜に住んでいる。海の近くに。だから海で波に乗ることが私よりずっと身近に感じられるのかもしれない。私が暮らしているところも海からそんなに遠いわけではないけれど、誰もわざわざあの海には行こうとしない。ゴミで埋め立てた島に近づくと悪臭がするからだ。

「君はどこか行きたいとこないの？　もし今、船に乗ってこの海を渡れるとしたら」

コウちゃんは私のことを、君、と呼ぶ。それがすごく嬉《うれ》しい。とても大人びていて、とても知的に聞こえる。

「うーん。イギリス、かな」

「イギリス？」

「だってビートルズの国だし」

「あ、そうか。でもポール以外はアメリカに住んでるんじゃなかったっけ」

「今はどこに住んでても、ビートルズはイギリスで生まれたバンドでしょう」

「まあそれはそうだけど」

「それと、シャーロック・ホームズ」

「なにそれ」

「コウちゃん、ホームズ知らないの！」

「あ、聞いたことはある。ホームズって名前。パイプ咥《くわ》えた探偵だっけ」

「そうそう、それ。ワトソンって友達とコンビでね、ベーカー街ってとこに住んでる設定」

「小説でしょ」

コウちゃんは笑った。

「本当にそこにいるわけやないやんか。イギリスまで行っても会えないよ」

「わかってるけど、でも行ってみたい。ロンドンの冬は滅多に晴れなくて、霧で何にも見えなくなるんだって」

「なんや、カビ生えそう」

私も笑った。

そうして他愛のないことをいつまでもしゃべっているうちに、やがて日は傾いた。本当は夕飯も二人で食べてみたかった。大人同士がするように、中華街に行って店に入って。けれど、私の親はそんなことを許してくれない。中学生同士でレストランに入ること自体、反対される。ましてや夕飯の時刻までに家に帰らなければ、嫌になるほど怒られる。私に比べたらコウちゃんの親の方がだいぶゆるいようだったが、それでもやっぱり、七時までには家に着かないとうるさいらしい。

仕方なく、中学入学祝いに買ってもらった自動巻きの腕時計が五時半を示した時、私たちはベンチから立ち上がってバス停に向かった。

横浜駅が見えて来た時、なぜかとてつもなく寂しくなって、私は少し涙ぐんでいた。

そんな私の様子に気づいているのかいないのか、コウちゃんは明るく言った。

「楽しかった。またおいでよ、横浜」

「うん」

私は言って、笑顔になった。

「次はもう夏期講習か。申し込みコース、決まったら、電話で教えて。同じコースにするから」

「了解しました」

私は嬉しかった。期末テストを乗り越えて夏休みに入れば、すぐに夏期講習が始まる。そうしたらまたコウちゃんに会える。

よし、勉強頑張ろう。成績が良ければ、夏期講習に通わせて貰えるだろう。まだ一年生なのに高校受験のことを考えるなんて憂鬱だけれど、コウちゃんと一緒に勉強できるなら辛くはない。

私は手を振って横浜駅でコウちゃんと別れた。胸には小さな希望があった。

でも、希望は消えてしまった。

私はそれから長い、長い間、コウちゃんには会えなかった。

2

私が悪かったんでしょうか。きっとそうなんでしょうね。

でも、結婚したいと報告に来た時、同居を希望したのは息子の方なんですよ。当時息子はまだ非常勤講師、息子の妻になる女性は雑貨ショップの店員をしていて、二人の収入を合わせても私の年収に満たないほどでした。そして彼女のお腹には私の孫がいて、出産して仕事を辞めたらさらに収入が減ってしまう。同居をすれば、生活費も安く済む、家賃はいらない、それに孫の子守だって引き受けてもらえそう。二人が虫のいいことばかり考えて同居を希望している、というのはわかりきっていました。それでもね、それもまたいいかな、と思ったんです。私も昔のようには忙しくなくて、たまに孫の面倒をみるくらいのことは出来そうでしたし、経済的にもゆとりはありました。家政婦さんにも来てもらっているので、息子たち一家と同居しても、家事が増えるということはなさそうでしたしね。

ま、私の見通しが甘かったということです。

世間で言われる通り、嫁と姑《しゅうとめ》というのはそんなに簡単なものじゃないんですね。

私はただ孫が可愛かったし、息子には健康でいて欲しかった。なので、ごくごく当たり前のことを、それも出来るだけ上から目線にならないように遠慮しつつ口にした程度でした。少なくとも私の認識では。なのにそれがいちいち、嫁の癇《かん》に障っていたなんて。

ハンバーガーを買って来るのはいいとしても、あんなに山盛りのフライドポテトを一緒に食べなくてもいいんじゃない、サラダに換えて貰えば？　コーラは糖分が多すぎないかしら。アイスティーとかにするのもいいんじゃない？

って、ええ、ええ、余計なお節介でしたよね。わかっています。やっぱり私が悪いんです。でもね、息子はいくつになっても息子なんですよ。自分の子供が健康に悪そうな食事をしていたら、口を出してしまうのが母親というものでしょう。ましてやそのままにしておけば、孫まで同じ食生活になるんです。ああ、はい、わかりました。もうやめましょう。何にしても、息子も嫁も私を拒否して出て行きました。息子がようやっと専任講師に雇って貰えることになり、孫を預けられる保育園も見つかったとかで。

私はまたひとりになりました。

ま、五年間息子夫婦と暮らして、ごくたまには楽しかったこともあったですしね、孫が生まれたあの瞬間の喜びは、なにものにも替えられない出来事です。なので、それを体験できただけでも幸せだった、と思うことにいたします。

ひとりになると、つい、亡き夫のことを思い出します。

夫とは中学生の頃に知り合いました。あれは私の初恋でした。もう四十数年も前のことですが、その頃だって今と変わらず、公立の中学に通う生徒にとっては、高校受験が目の前に立ちふさがる高い壁だったんです。まだ一年生、中学生活にも慣れていない一学期から、私は受験用の塾に通いました。と言ってもそこはまだ一年生ですからね、日曜日だけの、大手予備校の高校受験コースです。当時の私にとっては、毎週違う学校に通う人たちに会える、というだけでもとても楽しかったんです。中学生くらいの頃には、学校だけが知っている世界のすべて、という場合も少なくないと思います。でも週に一度でも、その狭い世界の外にいる同年代の人たちと過ごすことで、ともすると息苦しくなりがちな中学生活が、生き生きとしたものに感じられることだってあるわけです。

友達もできました。時には塾のない日曜日に、塾に行くと親に嘘《うそ》をついて出かけて、その友達と過ごすこともありました。彼は、そんな友達の一人でした。でも当時は自分が抱いている感情が初恋だ、という自覚はなかったと思います。ですから、突然の別れが来てしまった時も、悲しいというより、いつかまた出会えるのかな、と無邪気に思っていたくらいです。

中学一年の夏休み直前に、両親が突然離婚しました。

本当に突然で驚いたんですよ。だって私、自分の親たちは仲がいいものだと思い込んでいましたから。大人というのは、子供の前では本心を隠すものなのですよね。本当はもう何年も、両親の間に親密な関係というのはなかったようです。でもあまりにも突然の離婚となったのは、父と交際していた女性の妊娠が判明したからだったようですが、もちろんその時にはそんな説明はありませんでした。私に腹違いの弟がいると知ったのは、ずっと後になってからです。

いずれにしても、中学生ではひとりで暮らすこともできませんから、父か母か、どちらかと暮らさなければなりません。あの時に父を選んでいれば転校しなくて済んだのですが、父がよその女性と再婚するつもりなのは聞かされていましたから、私は母を選びました。いくら父が愛している人だとしても、他人と暮らすのは考えただけで憂鬱でしたし、ひとりになる母のことが心配だったというのもありますね。

母は離婚したら実家に戻る予定になっていて、その実家というのは神戸にありました。私も何度か遊びに行ったことがあり、祖父母は優しいし、家は大きくて庭も広いし、とてもいいところだったので、母と神戸に向かう新幹線の中では、妙にウキウキとした気分でいたことを今でもよく憶《おぼ》えています。ただ、もう日曜日に彼と会えない、と思うとウキウキしていた気持ちが萎《しぼ》んでしまいます。彼には母の実家の住所を手紙で知らせてありましたから、その内には手紙が来るだろうと思っていたのですが。

ですが、まだ十二、三歳の子供でしたからね、私も彼も。結局手紙は来ず、私もそのうちに彼のことをあまり思い出さなくなっていきました。引っ越しを終えたのは夏休み、八月の最中で、なんと当時、母の実家にはクーラーがなかったんですよ。クーラー、今で言うエアコンのことですが、当時のあれは冷やすことしかできなかったのでクーラーと呼ばれていましたね。

とにかく暑い夏で、そんな中で荷物を片付け、母が子供の頃に使っていた四畳半の部屋を居心地の良い自分のお城に変えようと必死でしたから、彼に自分から連絡することも忘れていました。そして新学期が始まって新しい中学に通うようになると、私なりに気も張って緊張していたのか、毎日学校から戻ると疲れて夕飯も食べられずに寝てしまう、というような生活だったんです。幸い、新入生いじめのようなものには遭わずにすみましたが、打ち解けて話せる友達がなかなか出来なかった。私の標準語が、とりすましたように聞こえるのか、話しかけてくれる子もいなくて。それで、部活に入ることにしたんです。実はね、私、ロック少女だったのですよ。中学生になった時にギターも買ってもらっていました。いえいえ、エレキギターではありませんよ、フォークギターです。あの頃は井上陽水さんの人気がすごくて、他には南こうせつさんなんかも人気でしたかしらね。それで陽水さんの曲を一所懸命コピーして練習したりして。でも本当はロックが好きでした。神戸で通い始めた新しい中学の軽音楽部では、エレキギターを弾いている子がいたんです。部の備品で、リードギターとベースギターもありました。それで喜んで入部して、エレキギターの練習を始めました。

ええ、そうです。それがきっかけです。

ええ、夢中になりました。ギターさえ弾いていれば、友達なんかいなくても気にならない。彼のこともすっかり忘れてしまいました。でもそこは悲しい受験生ですから、さすがに三年生になるとギターばかりいじっているわけにはいかなくて、勉強もそれなりにいたしましたよ。成績が下がるとギターをやめろと言われる、それが嫌で、勉強も頑張りました。でも一つだけ、祖母と母にわがままを言って、高校は大学の付属の私立を第一志望にしたんです。だってもう、受験はしたくありませんもの。高校生になったらもっともっとギターを弾いてやる、バンドを組んでライヴハウスにも出るんだ、なんてその頃から考えていました。

念願叶《かな》って私立の付属高校に入学し、私の日常はロック一色、ギター一色になりました。十五歳の時に同級生たちとバンドを組み、高校生でも出られるロック祭やコンテストに出て、三年になる頃には三宮《さんのみや》のライヴハウスにも出ていましたし、レコードも出しました。

ええ、そうです。それがあのバンド、さくら草、です。インディーズではそこそこ人気もありましたね。でも高校卒業と同時にメンバーの半分がバンドをやめてしまったので、大学一年の終わり頃に解散して、別のバンドに参加しました。はい、めりけん波止場タイフーン、ええ、タイフーンの前身となった学生バンドです。あああそうだわね、それからのことはここで話さなくても、みんな知っているわよね。タイフーンは売れちゃって、そうね、あの頃のことは夢のようだわ。八〇年代、バブル経済。私は若くて、いろいろ勘違いしていて、自信満々で。

コカインで逮捕されたのは、あれは何年だったかしら。八八年、それとも九年？

あ、そう。八九年ね。

ちょっと待って。お上品ぶった話し方をしていたら疲れてしまったわ。ごめんなさい、ここからは地を出してよろしいかしら。

でも活字にする時には、言葉遣いをちゃんと直してくださいね。

ライターさんって、そうしたことは我々よりもお上手よね。


そうね、面倒になっちゃったのよね。執行猶予が付いてホッとしたけれど、マスコミがうるさかったし。その頃祖母が亡くなって、母が再婚してねえ、神戸の家にも戻れなかったし。

執行猶予期間が終わってから、沖縄に。昔からやってみたいことがあったの。そうなの、ダイビング。本当はね、サーフィンがしたかったのよ。でも三十を過ぎてからサーフィンを習う勇気がなくて。ダイビングなら年齢はあまり関係なさそうだったし。

初めは彼だと気づかなかった。中学生の頃はどちらかといえばひ弱そうで、眼鏡をかけていて地味な人だったのに、真っ黒に日焼けして逞《たくま》しい腕で。まさかダイビングのインストラクターになってたなんて、ねえ。びっくりしたわ。

そうね、そうかもしれない。お互い、初恋だったと気づいていたのかも。だからでしょうね、あんなにすぐに好き合ってしまった。再会して半年で、結婚したのよ、私たち。

息子が生まれたのは九二年。平成四年？　ごめんなさい、元号って使ったことがなくて。

そうよ、デビューしたのが九五年だから、息子はまだ三歳だった。

応募した新人賞でグランプリをいただいて。まさか、まさかね、私がミステリ作家になるなんて。夫も驚いていたわ。

それからのことは、私が説明するまでもないですわね。まあ順調な作家生活を続けて来られたと思っているの。運も良かったわね。今は大変な出版不況なんですってね。え、新作？　もちろん書いてますよ。でもねえ、もうそろそろ、私も第一線は引退してもいいかな、なんて。

あら、ありがとう。そう言っていただけて嬉《うれ》しいわ。

ええ、まあ自分でもね、還暦だなんて信じられない、とは思ってます。まだまだ私、新しい人生を体験できるんじゃないかな、って。

でもね、わかるんです。

あれから長い歳月が過ぎたわ。え？　いいえそうじゃなくてね……中学生の頃に横浜で、海を見ながら友達とおしゃべりした記憶があるんですよ。将来はどんな仕事がしたいとか、外国へ行きたいとか、まあ他愛のないことばかり。もう四十五年以上も前のことだなんて、とても思えない。あの時の潮の匂いも風の気持ち良さも、ちゃんと憶えている。まるで昨日のことのよう。なのに、もう遠い、遠い昔のことなんですよね。

あれから私もいろんなことを体験して、なかなか波乱万丈、面白い人生だった。後悔もたくさんありますよ、もちろん。薬物で逮捕されたのなんて、ほんと後悔しかない。馬鹿なことをしたものよね。けれどそれも含めて、人生には後悔なんてしていないの。

バンドやって売れて、お金を手に入れて遊びまわって。逮捕されてどん底、と思っていたら初恋の人と再会して結婚して、子供まで授かった。作家になってそこそこ落ち着いた人生を得て。

今でも悩みは多いわよ。さっきも言ったけれど、息子のことでは悩みばかり。あ、さっきの息子とその嫁の愚痴、あれはやっぱりオフレコってことにしてくださる？女性誌のインタビューだから生々しい方がいいのはわかるけれど、でもあまりにも、ねえ。愚痴を公表してもいいことはありませんしね。ええ、すみません。そうしていただけると助かります。

そのかわり、そうね、とっておきの秘密をお話ししましょうね。

ほら、先日、議会で承認されたあれ。ええ、尊厳死法案。あれに関連して、新しいライフエンド計画がスタートするでしょう？　まだ具体的な運用までには十年くらいかかるみたいだけれど。私ね、最期はあれを利用させていただくつもりなんです。女性誌の記事としては、インパクトありません？　私みたいに、世間から見れば好き勝手に生きて来た女が、最期は安楽死したいと思っているなんて。最期まで身勝手な女だと思われるかもしれないけれど、それでも私、人生の最後に誰かの手を煩わせて死にたくはないんです。ええ、息子の手も、その嫁の手も。

夫が早く亡くなってしまって、本心を言えば、もう今だって私にとっては余生のようなもの。今この場で心臓が止まっても、夫にもう一度逢えると思えば怖くも悲しくもないわ。

まだ法案が成立したばかりで、具体的にどんなことになるかはわからないけれど、苦痛なく逝かせていただけるなら、私は尊厳死を選ぶつもりなんです。いいえ、そうじゃないのよ、不治の病になんかかかっていなくても。

ええ、確かにね、今の法案ではそうかもしれない。

でもね。

パンドラの匣《はこ》は開いてしまったのよ。

私がいよいよそろそろかな、と思う頃、そうね、あと二十年もした頃には、不治の病でなくてもきっと、本人が望めば尊厳死を選択できる世の中になっているはず。だって、そうでもしないとこの国は、年寄りばかりになってしまうじゃありませんか。

ある年齢を過ぎたら、もう充分だ、生きているのにも飽きた、早く死にたいと思う人はたくさんいる。私も自分の性格は良くわかっています。きっとそう思うでしょう。そしてその頃には多分、そういう世の中が来ているはず。

ええ、もちろん、掲載していただいて構いませんよ。ええ、物議はかもすでしょうね。批判も浴びると思うわ。

でも、私は作家ですから。

そうした批判も受け止める覚悟はできていますよ。

ああ、そうね。次の作品は尊厳死をテーマにするのもいいわね。

え？

あら、ほほほ。引退したいというのも本音だけれど、私は作家ですからねえ。書きたいという欲求も消えないの。

ごめんなさいね、どこまでも身勝手で。

3

「じゃあね、母さん。また来月、来るからね」

「ありがとう、コウちゃんね、待ってるわ」

母の微笑みはまるで十代の少女のようだ、と正樹《まさき》は思った。母は若い。今年で八十二歳のはずだが、見た目は六十代の頃からそんなに変わっていない。

「ねえ、コウちゃんって誰？ あなたの名前はマサキよね、どこにもコウなんて入ってないじゃない」

「母さんはもう、俺のことわかってないよ」

「実の息子なのに？」

「認知症なんだから仕方ない。それに今のあれ、もしかすると自分のことを言ったのかも」

「母の旧姓は高坂《こうさか》なんだ。母のあだ名だったのかもしれないよ、コウちゃん」

「あるいは、自分で自分のこと、他の誰かと取り違えてる、とかね」

正樹の妻、穂花《ほのか》は乾いた笑い声をたてた。正樹は背中にぞわぞわとしたものを感じて、少し穂花から離れて歩いた。

昔はもっと優しい女だった。母とは始めからあまりウマが合わなかったようだが、それでもそこそこ上手にやって来たはずだ。母は父の死後、仕事に没頭し、収入もあった。同居生活は穂花がどうしてもと言うので解消したが、それからも父の命日や正月にはちゃんと母のところに、孫たちも連れて行った。だが母に認知症の症状が現れてから、穂花は変わった。穂花が気にするのは母の遺産だけになった。

ここ十年で認知症は良い薬が次々と開発され、症状が出てすぐ治療を始めるとかなり改善されるし、進行を食い止められるようにもなっている。だが一度壊れた脳の機能は、元どおりになるというわけにはいかない。正樹の母は七十代で発症したが、ほんの数年前までは薬が効いて日常生活に支障はなく、一人で機嫌良く暮らしていた。が、数年前から再び病気が進行しつつある。アルツハイマーと脳梗塞型の認知症を併発している母の場合、薬の選択が難しい。

母は自宅を処分し、高額な費用のかかるこの施設に自分で入所した。

正樹は反対した。この施設がどういう性質のものか、正樹は良く知っていたのだ。

だが穂花は賛成し、母の選択を潔いと褒めた。そして、正樹に耳打ちしたのだ。

「一刻も早く、遺言書の中身を突き止めましょう。あそこに入ったら残された時間は、せいぜい半年よ」


一般に尊厳死法案と呼ばれ、俗には安楽死法と呼ばれている法案が成立したのは、もう二十年以上も前のことだ。だが当初は、回復の見込みのない重篤な病気、あるいは肉体的損傷によって、日常的な苦痛や多額の医療費がかかる場合に限って、自らの選択による安楽死が認められていたに過ぎなかった。他国にすでに存在していた安楽死制度を下敷きに、何度も専門のカウンセラーが面接し、医学的な見地からの検証を経てようやく許可が下りるといったもので、普通に生活している者には無縁の制度だった。が、超高齢化と少子化の双方が異様な速さで進行していく中、次第に法律のタガは緩み始め、それに迎合するかのように法そのものが改正を重ねた結果、この国は、世界の他の国ではまだ実現していない、本人が望みさえすれば安楽死できる国になりつつある。

もちろんまだ、最低限の縛りはある。それが年齢だ。病気や障害による回復不能な苦痛や多額の金銭的負担、といった「正当な理由」のない尊厳死に関して、当初の年齢制限は満九十歳だったが、この数年で何度も引き下げられ、一年前から満七十五歳になった。年金の支給開始年齢は七十二歳なので、せっかく払い続けた年金を貰えるのが、最短だとたった三年ということになり、これには国民の不満も高まったので、死後五年間は、本人が指名した者に支払いが継続されることになった。

しかも、安楽死を選択した者の遺族は葬儀費用を還付して貰うことができるようになり、墓がない者は国営の共同墓地に埋葬して貰える権利も付与されることになったので、この一年で安楽死を選択する者は飛躍的に増加した。いわばこの国に、ちょっとした「安楽死ブーム」が起こったのだ。

そのブームに乗って誕生したのが安楽死専門の医療施設で、死への恐怖が最大限軽減され、穏やかな気持ちのまま逝けることを売りにしている。

いくら自ら望んだことであっても、「死に向かって前に進む」のは簡単なことではない。薬の点滴によって安らかに、全く苦痛なく死ねるとわかっていても、その点滴を受ける為《ため》に家を出ることには相当な勇気が必要だ。実際、安楽死の予約が済み、遺産の分配や自宅の片付けなど一切の面倒が終わっていてさえ、当日になってキャンセルする人は少なくない。人間に生存本能がある限り、死、に対する生理的な恐怖感はそう簡単に消しされるものではない。

そのハードルを下げ、死への恐怖をあまり感じないようにするのが、天国への階段、と呼ばれる施設なのだ。

施設ごとに細かな特徴・特典は違うが、おおまかに言えば、施設に入所して安楽死するまでの期間、死への恐怖を忘れられるほどの楽しみを与えてくれる、贅沢《ぜいたく》な老人ホームであるという点は皆同じである。リビングとベッドルームのある広々とした個室。家具や寝具などすべて備え付けで、どれも最高級品。介護が必要な人には、一人につき複数の介護人が常駐し、食事はレストラン形式で、大抵の施設に和洋中の三つくらいはあり、メニューの中から好きなものを選んで食べられる。もちろん、自室で介護付きの食事もできる。天然温泉付きは当たり前。ミニシアターがあったり、劇場を併設していたりして、映画、演劇、歌舞伎や文楽なども楽しめたりする。スポーツジムや、パターゴルフ場などを持つ施設もあり、毎日退屈することなく過ごせるようなプログラムが提供される。まさに、夢のような生活。たとえその先に安楽死が待っていると知っていても、日々の楽しさで死への恐怖は次第に薄らいでいき、やがて、自分が死ぬ為にその施設にいることすら忘れてしまう。

そして「死」は、本人に知らされずにそっと施される。施設ごとにそのやり方には違いがあるようだが、正樹の母が選んだ施設では、期間を定めずに本人の施設での生活を観察した上で、恐怖を忘れ、心から楽しんでいると判断された時、それは施行されるらしい。おそらくは、飲食物に睡眠薬のようなものが混ぜられ、熟睡している間に施行室に運ばれて、そこで薬物注入されるのだろうが、流石《さすが》にそうした生々しいことは説明されていない。が、入所から施行までは最大でも一年程度らしい。つまり正樹の母も、あと数カ月のうちには「その日」を迎えることになる。

穂花は、義母が施設に入所する前に遺言書の中身を確かめろと正樹をせっついていたのだが、入所すると打ち明けられた時にはすでに、母はすべての準備を終えており、遺言書は弁護士に預けられてしまっていた。今現在正樹は、私立探偵をつかってその弁護士の身辺を探らせ、弱みを見つけ出そうとしている。脅迫してでも遺言書の中身がわかれば、母が死ぬ前に手が打てるかもしれない。もちろん、法定相続人は正樹一人なのだから、普通であれば心配などしなくても、母の遺産はすべて正樹が相続する。が、穂花はそれを信じていない。「あのお義母さんのことだもの、あなたに一円も遺《のこ》してなくても不思議じゃないわ」

そうなったらなったで、遺留分の請求をするしかないな、と正樹は諦めているのだが、穂花はそれでは満足できないらしい。

そもそも、母の遺産の総額さえ、正樹は知らないのだ。

自宅と白馬《はくば》の別荘、それに賃貸にしていくらか家賃を稼いでいるマンションの部屋が、確か二つ。それらの不動産をざっと見積もれば一億円程度だろうか。バンドをやっていた時代に稼いだ金は浪費してしまったと聞いたことがあるが、作家になってからも母の年収は、三十年以上にわたって三千万円程度はあったはずで、気ままな浪費生活でつかってしまっていたとしても、預貯金か株券などで幾らかは持っているだろう。亡くなった父親の生命保険金だってあったはず。穂花は、全部で三、四億くらいはあると踏んでいるが、その半分だとしても二億円相当だ。穂花が遺言書の中身を知りたがるのはわかる。

だが、と、正樹は思う。

母の金は、母のものだ。母の人生の最期にのこったものは金だけじゃない。今でも売れ続けている母の小説は何作もあるし、母の名前だってまだ世間では完全に忘れられたわけじゃない。ほんの一年前にも、母が五十代の頃に書いた小説が映画化された。若者がサーフィンに夢中になっていた八〇年代初頭の、まだバブル経済がやって来る前の湘南《しょうなん》が舞台の青春小説で、正樹も母の作品の中ではいちばん好きだ。あの頃、母は二十代。二十代の母を想像するのは難しいけれど、小説を読めばその時代の空気は感じられる。実際に母が夢中になったのはダイビングだけれど、母は本当はサーフィンがしたかった、とよく言っていた。

母にも青春があった。人生は長く、長く続いていた。

その長い人生で母とかかわった人々も、それぞれの人生を生きていた。

ただ唯一の相続人である、というだけで、母がこの世界にのこすすべてを手に入れる権利など、自分にはないのだ。

もし、もし母が、遺言書で遺産を自分に遺さないよう指定しているとしたら。

その時は遺留分も諦めて、潔く、母がかねてから言っていたようにその骨は散骨し、母と決別したい。それが正樹の本音だった。

でもなあ。

穂花は怒るだろうなあ。

鬼のような形相で詰め寄る妻の顔を想像すると、正樹は、溜息を吐《つ》くしかなかった。

4

「そろそろお時間です」

リストバンドの小さな画面の中から、スケジューラーが、美しい声で教えてくれる。

「ご準備なさってください」

「はいはい」

私は返事をした。

「はい、は一度でけっこうです」

スケジューラーが言う。私はにやにやした。この人工知能の性格設定を「小生意気」としたのは正解だった。おかげで退屈しない。私は、優等生が昔から嫌いだ。どこか少しはみ出している人に惹《ひ》かれる。

「先生、本日で引退ですね」

「うん」

「これが最後の手術ですね」

「だろうね。この施設では、一日に一人しかおくらないから」

「寂しいですか？」

コウちゃん、と名付けたスケジューラーは、そう訊いて来た。小生意気な上に感情的で少し無神経。そこまでの設定をした憶えはないのだが、三年も一緒に暮らしている間に、学習しなくていいことまで学習しているようだ。

「まあ、寂しいと言えば寂しいのかなあ。医者になって四十年以上、この歳まで現役を続けて来たわけだから。でも今の仕事は、医者の仕事と呼べるのかどうか疑問だよね」

「移植用臓器の摘出は医師の仕事です」

「そうかなぁ。私は未だに、そこのところがもやもやするんだ。確かに移植用の臓器がなければ助からない患者がいるんだから、その臓器を摘出するのも人助けだよ。でも摘出される人のことは、誰が助けてあげられるんだろう」

「法的に問題のない完全脳死者はすでに死者です。誰が何をしても助かりません」

「二十年くらい前かな、クローン研究が進んで、細胞から臓器を作り出すことができるようになった時、私は思っていた。あと二十年もしたら、もう脳死者から臓器を摘出しなくてもよくなるだろうと」

「再生臓器技術は進化を続けています。ただこの国が戦争に関与したことで、技術革新が十年以上滞りました。現在、摘出臓器移植に頼らざるを得ない臓器は、心臓、腎臓、膵臓《すいぞう》……」

「わかってる、全部あげなくていい。私はこれでも専門医だ」

「失礼しました」

「私はただ、二十年前に思っていたよりも、世の中は進んでいないな、と感じただけだ。いやそれを言うなら、七十年近く前と比べても、世の中はそんなに変わっていないのかもしれない」

「そうでしょうか。一九七〇年代と現代とでは、世界は大きく変わったと思いますが。わたしのような存在は、その頃は想像すらされていなかったのではないですか」

　私は笑った。

「君のデータベースに、ドラえもん、という漫画がないか検索してごらん」

「ありました。藤子・F・不二雄という漫画家の作品ですね」

「説明はいらない。ただ、私が手術をしている間に読んでみるといい」

　私は自動ドアをいくつか通り抜け、手術室のセキュリティゾーンに入った。

「では、またあとで」

リストバンドを外し、バンドボックスにしまう。手術室は専従のＡＩが管理していて、医師も看護師も、それ以外のＡＩにはアクセスを禁止されている。

手術台にはすでに、遺体が置かれていた。

全裸だが、胸部と腹部以外は白い布で覆われているので、女性だということしかわからない。

管理ＡＩと施術チームに簡単に挨拶してから、私はメスを握った。

尊厳死施設の中でも最高級の部類であるこの施設に入るには、数千万円という多額の入所金が必要だ。この二十年の間にこの国は経済が衰退し、それを回復させようと焦った政府や軍需産業の策略で他国の戦争に参加することとなって、結果、戦争で儲《もう》けた者と失った者とで二分されてしまった。老後に数千万円を貯えていられる者と、それどころか日々の生活費にも困る者。後者は生活苦から早く逃れたくて、あるいは葬儀費用を国に負担して貰えるという特典だけの為に安楽死を選ぶが、指定病院に予約を入れ、自ら自分を殺す場所へと向かい、死への恐怖を必死に噛《か》み殺しながら死ぬしかない。だがたった一つだけ、前者と同じようにこの施設で天国への階段をのぼる方法がある。それが、臓器提供だ。

通常は薬物によってすみやかに与えられる死だが、臓器提供希望者はその時が来ると昏睡状態にされるだけで、生きたままこの手術室に運ばれて来る。臓器移植法では完全脳死者以外からの臓器摘出は認められていないが、数年前に例外規程が作られ、尊厳死希望者かつ臓器提供する意志が明白に示されていた場合のみ、昏睡状態からの摘出が認められた。脳死と判定された者の脳が再活動を始めたという例が相次いで、完全脳死判定のハードルは年々上がっているので、昏睡状態での摘出が合法化されたことの意味は大きい。脳死者が現れるのを待つ必要もなく、安定的にドナーを確保できるようになったのだ。ある意味、この法改正が、再生臓器医療の発展をまた遅らせてしまったのかもしれないが、移植できる臓器を待ち続ける人々には朗報だった。

今、台の上で腹部と胸部を晒《さら》しているこの女性も、おそらくはここに入所する金がなくて臓器提供を選択したのだろう。この施設に入れたということは、七十五歳以上、おそらく八十歳くらいだろうが、八十年生きたその最終目的地がこの台の上だった、というのは、憐《あわ》れむべきことなのだろうか。それとも、羨むべきことなのだろうか。

少なくとも、彼女の臓器は誰かの体内に入り、また活動を始める。彼女はまだしばらくは生き続けるのだ。すでに苦痛もなく、悩みも苦しみもない状態で。

私も、最後は臓器提供をしよう。私はこの仕事をするたびにそう思う。眠ったままで心臓を摘出され、死ぬ。そして、臓器となって、何も感じない世界を生き続ける。

それは私にとって、憧れだった。

遠い昔、ただ一人愛した初恋の女性が結婚したと知った時に、私は死を選んだ。だが死ぬことにしくじり、全身に醜い傷痕を受けた。その治療にあたってくれた医師たちの姿を見て、三十代で医師になる決意を固めた。以来、私は自分が選んだ道を歩き続け、そのことにはもちろん後悔はない。誇りすら抱いている。が、死んだ方が楽だ、と思ったあの時の激情は、今でも私の心の底に澱《おり》のように沈んでいて、何かの拍子に浮き上がって私を苦しめる。

何かを感じることが生きている証《あかし》なのだとわかっていても、何も感じないことに強く憧れるこの気持ちは、どうにも治しようがない。

あの遠い、輝いていた一日。

水平線の金色の波。白い船。公園のベンチ。

明るく喋り続ける、彼女の横顔。


初恋。


あれからすぐ、彼女が恋をしていることを打ち明けられた。けれど彼女の初恋はすぐに終わった。なのに私は、とうとう彼女に自分の思いを伝えることができなかった。あの時代、それはとても勇気の必要な行為だったし、自分自身、自分が同性にしか恋心を抱けないということに、罪悪感を抱いていたのだ。

今では同性だって、普通に結婚できるのに。

私は遠くから彼女を見守ることしか出来なかった。

今はもう、それで良かったのだ、と思っている。打ち明けたところで、彼女は受け入れてはくれなかっただろう。

どちらにしても、二人の人生はそれぞれにあって、それぞれに、その長さの分だけの、重さと意味とがあったのだ。

すべては、過去。やり直すことはできないし、やり直す必要もない。

「あ、すみません」

看護師のマスク越しのくぐもった声で、私は我に返った。看護師が何か手違いを犯したらしい。その手元を見ると、台上の遺体の顔から、白い布が剝がれていた。

私はつい、その顔を覗《のぞ》き込んだ。

私は絶句し、そのままその顔を見つめた。

コウちゃん。

潮の香りが鼻腔《びこう》に満ちた。

波のさざめきが耳に甦《よみがえ》った。

私は、初恋の人と今、再会した。

迷子

松村比呂美

松村比呂美（まつむら・ひろみ）
福岡県生まれ。2005年『女たちの殺意』でデビュー。著書に『幸せのかたち』『恨み忘れじ』『鈍色の家』『終わらせ人』『キリコはお金持ちになりたいの』『黒いシャッフル』などがある。

智紗《ちさ》は生まれて初めて見合い写真というものを見た。

スナップ写真ではなく、台紙がついた本格的なものだ。

婚活アプリが主流になっている時代に、こんなツールがまだ存在しているのかと不思議な気持ちになる。

「本気で勧めてるの？」

スーツを着た男性の顔をちらりと見てから、写真を母に返した。

智紗は先月三十五歳になったが、同級生の三分の一は未婚で、五人に一人はバツイチでシングルだ。結婚を焦る気持ちはない。出会いがあればしてもいいし、一生独身でも問題ないと思っている。化粧品会社の商品開発の仕事は順調だし、「おひとり様」も慣れたものだ。

お節介な人に、「結婚しないの？」と聞かれることはあるが、最近はそれも少なくなってきた。母も智紗が婚活していないことを知っているはずだ。

「ぜひ、お嬢さんに見せてくださいって言われて、私も驚いたわよ。会社で見初められたんじゃないの？」

母は上目遣いに智紗の顔を覗《のぞ》き込んだ。

その目がなんだか嬉《うれ》しそうだ。

ダイニングテーブルの上には、ナスと鶏肉のオランダ煮や、レンコンをすりおろして蒸したものなど、野菜を中心とした母の手料理が並んでいる。

「そんなことあるわけないでしょう？　なんか怪しいな。誰に言われたのよ」

見初められた、などという前時代的な言葉が当てはまるのは、メイクアップ部門を担当している華やかな女性たちだ。智紗はスキンケア部門の商品開発を担当していることもあり、研究室ではほとんど素顔で通しているし、平凡な容姿であることは自覚している。

「それがね、お茶の先生なのよ」

母は、見合い写真を紙袋の中にしまった。

「新藤《しんどう》先生からなの？」

昨年、母に連れられて初釜に行ったが、新藤先生は、もうすぐ八十歳になるとは思えない若々しさで、着物姿で長時間正座をしたあと、すっと立ち上がったのを見て驚いたのを覚えている。

「先生のお弟子さんに頼まれたそうなの。でもその人、私が習っている曜日と違う日にお稽古している人なのよね。初釜にもいらしてなかったし」

母は首をひねった。

「どうしてお母さんも会ったことがない新藤先生のお弟子さんが、私のことを知ってるの？」

智紗は、いただきますと言ってから、柚子《ゆず》の香りがする吸い物椀を手に取った。

「先生の話を聞いてもよくわからないのよ。お茶のことは完璧なんだけど、お年のせいか、それ以外の説明は、ときどき意味がわからないことがあって……。でも、熱心に頼まれたから、一応、見せてみますと言って預かってきたの。さわやかな印象の方だったしね。これも何かの縁だから、会うだけあってみたら？　はい、身上書。汚さないでね」

母は、よくある縦長の白い封筒をテーブルの上に置いた。

封筒の表に身上書と書かれている。

「やだ。完全なお見合いじゃない」

写真を見せられただけでもありえないと思っていたのに、実際に会ってみろというのか。

智紗は箸を置いて、封筒を手に取った。

「お父さんは何て言ってるの？」

母は、帰りの遅い父を待っているが、智紗は朝が早いので待たずに寝ており、ゆっくり話すのは週末くらいだ。

「お父さんに言うわけないじゃない。子供の頃から、智紗は嫁にやらないと言い続けているんだから」

母は右手をひらひらと横に振った。

「だったらなおさら……」

智紗はわざと眉を寄せて、三つ折りになっている身上書を広げた。

硬筆のお手本のような、几帳面《きちょうめん》な文字が並んでいる。

「うそでしょう……」

家族構成を見て、智紗は思わず声をもらした。

「ね、信じられないでしょう？」

翌日、同僚の明日香《あすか》に、母から勧められた見合いの話をした。

会社は福利厚生が充実しており、社員食堂もある。メニューは日替わりランチプレート一種類だけだが、持ち込みOKなので、智紗は母の手作り弁当をいつも持参している。

社員食堂で食べるからお弁当はいらないと言っているのだが、母は、料理は趣味だからと、長年作り続けてくれているのだ。

「うーん、それもありかな」

明日香は、智紗の弁当を覗き込みながら言った。

いつも、智紗の弁当のおかずと、日替わりランチのおかずを一品交換している。

「ひどい。人ごとだと思って」

弁当を引っ込めようとしたが、明日香は素早く牛肉のごぼう巻きを箸でつまんで、取り返されたらたまらないとばかりに、そのまま口の中に放り込んだ。

「人ごとじゃないよ。同じ歳だし、同じ独身なんだから。でもね、タイミングってあると思うんだ。智紗のお母さんが勧めるのなら、間違いないいんじゃないかな」

明日香はもごもご言いながら、ランチプレートの中からチキンカツをよこした。

数えるほどしか会ったことがないのに、母に対する明日香の評価は高い。単に母の料理が口に合うからかもしれないが。

明日香は、顔が小さく手足が長いモデル体型で、宝塚の男役が似合いそうな顔立ちをしている。担当しているメイクアップ部門の中でもひときわ目立つ存在だ。性格もいいし、なにより仕事ができる。

彼女が手がけた「魔法のマスカラ」の売り上げが好調で、会社もかなり潤っているのだ。

エクステをしているような睫《まつげ》になるマスカラで、ぼってりつかずに自然なので、智紗も合コンに参加するときに使っていた。

智紗は、男性に興味がないわけではなく、二十代の終わり頃には、真剣に付き合っていた人もいた。相手が結婚していると知らず、心ならずも不倫の関係を半年ほど続けてしまったのだ。

男性と付き合うのが面倒だと思うようになったのは、それが原因かもしれない。

母や明日香に支えられて、今は立ち直っているが、当時は母の料理さえ喉を通らないほどの精神状態だった。

明日香のほうも、五年間付き合っていた北村文也《きたむらふみや》と最近別れたばかりだ。タイミングの話をしたのは、それもあるのだろう。

「北村さんのこと、もう大丈夫？」

智紗は、明日香の顔を見ないようにして、いつも最初に食べる卵焼きを頬張った。母の料理はどれも好きだが、甘めの卵焼きは子供の頃からの好物だ。

「顔を見たらつらいかもしれないけど、離れているからね……」

明日香は呟《つぶや》くように言った。

同じ会社のマーケティング課に所属していた文也の転勤が決まって、明日香は、転勤先の大阪に一緒にきてほしいとプロポーズされたのだが、今はその気になれないと断ってしまったのだ。商品開発の仕事が波に乗っているときで、東京を離れたくなかったのだろう。

明日香と文也が付き合っていることは会社でも知られており、いつかは結婚するのだろうと誰もが思っていたと思う。今回の転勤が契機になるだろうと智紗も思っていた。

断ったと明日香から聞いて驚いたが、その隙をつくように、入社一年目の女子社員が、積極的に文也にアプローチしたのだ。

「北村さん、プロポーズを断られたって本当ですか？　私なら、大阪でも北海道でもついていきますよ！」

彼女は酔いも手伝ってか、文也の送別会で宣言して、その場は大いに盛り上がった。

明日香までが「いいんじゃない?」と笑いながら言ってしまったのだ。

いいはずなどなかった。その場をしらけさせないために言ったことだ。

でも、文也は、それをきっかけにして、彼女との交際を始めてしまったのだ。酒の席とはいえ、みんなの前で、「いいんじゃない?」と言った明日香は、今さら言葉を撤回することはできなかった。

文也は、プロポーズを断られたことを自分が社内の友人に愚痴って知られたとはいえ、送別会での明日香の発言は、やはり堪《こた》えたのだろう。

四十二歳になっており、文也の両親もできるだけ早い結婚を望んでいたようだ。入社以来、文也にずっと憧れていたという新入社員の彼女は、明日香と顔を合わせたくなかったのか、ためらいなく会社を辞めて、結婚準備に入っていると聞いた。

「タイミングかあ……」

見合い写真で見た中村洋介《なかむらようすけ》の顔がちらりと浮かんだ。

すっきりした顔立ちの、真面目そうな人だった。

「前に、赤いアイシャドーの企画でこけたことがあったでしょう? あのときだったら、ついていったかもしれない。でも、それって逃げだものね。とにかく今は、このアイライナーをヒットさせたいの。今、本社を離れるわけにはいかないのよ」

明日香は目を閉じた。

アイライナーが、細く流れるように目尻まで描かれている。

「そうね。魔法シリーズのアイライナーは、明日香が最初から手がけて、やっと商品化のめどがたったんだものね」

明日香が開発した魔法のマスカラとアイライナーは、印象的な目元になるだけでなく、マスカラは睫の育毛にも効果があり、アイライナーは、まぶたのハリを作る美容成分が含まれている。そこはスキンケア部門との連携がうまくとれた成果だ。

「文也が、ひと回り半も年下の彼女と仲良く歩いているのを見たときはショックだったけど、彼にとってはいいタイミングだったのよね。いろいろなことが新しくなって……。最後のメールにね、『心機一転がんばろうと思う。明日香はこれまで通り、いい仕事をしてください』と書いてあったの……」

明日香のため息の長さに、気持ちが込められている気がした。

「タイミングは大事かもしれないけど、でも、やっぱりひどくない？　最初から子持ちなんて……」

そうなのだ。

初めての見合い話だというのに、相手の中村洋介は、バツイチだけならまだしも、五歳の男の子までいるという。

「でも、智紗も……」

明日香は何か言いかけてやめた。

「子供は嫌いじゃないけど、これはさすがに無理かな」

独身のままの自分は想像できるけれど、いきなり母親になる自分の姿は思い浮かばない。

「お母さんの顔を立てて、会うだけ会ってみたら？　ごちそうを食べてきたらいいじゃない」

明日香は、智紗の弁当をうらやましそうに見ている。

「いつも母の肩ばっかりもつんだから。本気でそう思うの？」

智紗は、オクラ入りのちくわを明日香のプレートの上に置いた。

「今は特にね」

明日香は、ありがとうと言って、嬉しそうにオクラちくわを食べている。

八角形のオクラは、母が家庭菜園で作っている「ダビデオクラ」と呼ばれているもので、普通のオクラより大きくてやわらかい。

智紗は、悩んだあげく、明日香に背中を押されるかたちで、中村洋介に会うだけ会ってみることにした。

母が新藤先生から聞き出した話では、洋介の元妻は、息子の佑樹《ゆうき》が三歳のときに保育園に預けたまま、ほかの男性と失踪したという。

その後、居場所がわかって正式に離婚することになったそうだが、洋介の元妻は、子供は育てられないと、佑樹に会わないまま離婚したらしい。

洋介は、自分が仕事にかかりきりになり、家庭を顧みなかったのがこうなった原因のひとつだと言って、元妻を責めることはなかったそうだ。

現在、佑樹の幼稚園の送り迎えや家事などの手助けをしているのが、洋介の母親で、新藤先生のお弟子さんということらしい。

お弟子さんの中に洋介と年齢が合う人がいないか、ということになって、見合いの話が智紗に回ってきたのだろうか。

見合いといっても、洋介父子と智紗の三人だけのラフなもので、場所は子供連れということで遊園地になった。

事前に、洋介から、親子で楽しみにしているという手紙が届き、封筒に遊園地の入場券と、アトラクションが乗り放題になるパスポートが入っていた。

こちらに負担をかけないようにという配慮が感じられる内容だった。

見合いの当日は、着ていく服を散々迷って、クローゼットの中を引っかき回してしまった。

子供が一緒というだけで、どんな服装をしていいのかわからなくなるのだから、やはり自分には縁のない話だと改めて思う。

結局、動きやすいパンツスタイルにして、サーモンピンクのVネックのセーターと、ネイビーカラーのパンツを合わせた。

遊園地は、小学生くらいまでの子供たちが喜ぶアトラクションが多いファミリー向けで、智紗も子供の頃に、両親に連れていってもらった記憶がある。

年齢があがるにつれてスリルのあるアトラクションを好むようになったので、もう長い間、足を向けていない。

遊園地の改札を通り、花壇の横を抜けて、待ち合わせ場所の休憩所に向かっていると、向こうからブルーのトレーナーを着た男の子が走ってきた。

「お姉ちゃん！」

力いっぱい手を振っている。

「え？」

見たことがある子だ。

間違いない。

三カ月ほど前、デパートで迷子になっていたあの子……。

休日に、ネットで噂《うわさ》のオーガニックコーナーを見るために、デパートに行ったときのことだった。

赤いチェックのシャツを着た男の子が、エスカレーターの柱の陰に隠れるようにして、べそをかいていた。

「どうしたの？」

声を掛けると、男の子は驚いた顔をしてしばらく智紗の顔を見ていたが、小さな声で、「ばあばがいなくなった」と言った。

いなくなったのではなく、はぐれたのだろう。

「迷子になったのね。大丈夫。すぐにおばあちゃんを探してもらえるから。一緒に行こうね」

その子の手を引いて、サービスカウンターに行き、迷子だということを告げた。

歩いている間も、男の子はなぜか、不思議そうな顔をして、智紗の顔を何度も見上げていた。

係の人にお願いして安心したのだが、その子は、智紗の上着の裾を持って離さなかった。

「困ったな……。わかった。おばあちゃんが迎えに来てくれるまで一緒にいようね」

店員さんが、申し訳ありませんと言うのを、急ぐ用事はありませんから、と手を横に振って、その子と一緒に事務所のようなところで待つことになった。

名前を聞くと、小さな声でユウキと答えた。

ベテランらしい店員さんは優しくて、ふたりにオレンジジュースを出してくれた。

「美味《おい》しいね」と言いながら一緒に飲んで、それから、どうにかしてこの子を元気づけようと思い、「しりとりする？　なぞなぞがいいかな？」と、ユウキの顔に自分の顔を近づけるようにして言った。

「なぞなぞ……」

消え入りそうな答えがかってきた。

「じゃあね、パンはパンでも食べられないパン、なーんだ」

答えがわかるように、手でその形を作りながら言った。

「フライパン！」

ユウキはびっくりするほど大きな声で答えた。

表情が明るくなっている。

「ピンポン！　正解です。じゃあ、春になるといなくなるダルマは、なーんだ」

ユウキが、頭をひねりながら考えている間に、スマートフォンで、子供用のなぞなぞを検索した。智紗が知っているなぞなぞは数えるくらいしかないが、ネット上には、子供と遊ぶことができるなぞなぞがたくさん書かれていた。

「とけてなくなっちゃうダルマだよ」

ヒントを言うと、「雪だるま！」とまた大きな声が返ってきた。

「正解です。じゃあ次ね。食べると安心できるケーキって、なーんだ」

「ホットケーキ」

ユウキは即座に答えたが、ネットを見るまで、智紗は知らなかった。

「よくわかったね。お姉ちゃん、知らなかったよ」

そう言ってから、おばちゃんと言うべきだっただろうかと思った。

この子の母親は、智紗よりずっと若いかもしれない。

「何でもよく知ってるね」

智紗がほめると、ユウキは得意そうに小鼻をふくらませた。

館内には、迷子放送が繰り返し流れている。

『ご来店中のお客様に迷子のお知らせです。赤いチェックのシャツを着た、ユウキ君とおっしゃるお子さんが、お連れ様をお待ちです。お心当たりの方は、一階、サービスカウンターまでお越しください』

ユウキはなぞなぞに夢中で、自分が迷子だということも忘れているようだ。

「これはどうかな。朝になるとほえる花は、なーんだ」

「えーとね」

ユウキは真剣に考えていたが、答えがなかなか出なかった。

「がお～」

智紗がライオンのまねをすると、「あ、あさがおだ！」と嬉しそうに言った。

そのときのやりとりは、はっきり覚えているし、おばあちゃんが迎えに来たときに、ユウキが、「もっと遊ぶ」と言って、智紗の上着の裾を持ってなかなか離さなかったことも覚えている。

ユウキのおばあちゃんは、恐縮したように何度も頭を下げて、お名前を教えてくださいと言った。

智紗はあのとき、深く考えもせずに名乗ったが、住所まで聞かれたので、「どうぞお気遣いなく」と言って、町名だけしか言わなかった。

洋介の身上書を見たとき、佑樹という子供の名前が、迷子になっていた子と同じだとは思ったが、男の子の人気の名前なので、ふたつを重ねて考えたりはしなかった。

「はじめまして。中村洋介です。その節は佑樹がお世話になりました」

父親が挨拶したのを見て、隣にいた佑樹もぺこりと頭を下げた。

「はじめまして。一ノ瀬《いちのせ》智紗です。すみません。あのときの迷子のお子さんだと知らなくて……。お茶の先生からのご紹介ということしか聞いていないんです」

そう言いながら、母は、このことを知っていたに違いないという気がしていた。

「ねえ、なぞなぞして遊ぼう」

佑樹は、挨拶は終わったとばかりに、智紗の腕を引っ張った。

「お姉さんと話があるから、少し待っててくれるかな」

洋介が腰をかがめるようにして優しい声で言った。

「わかった。あの電車に乗る」

佑樹は、どうやら今日の趣旨を理解しているようだ。

入り口近くにあったミニ電車に乗ると、父親と智紗に向かって手を振った。

智紗も手を振り返す。

「実は、この絵が発端なんです」

洋介は、丸めて持っていた一枚の画用紙を広げた。

そこには、丸顔でショートカットの、智紗そっくりの顔が描かれていた。

「私、ですか？」

智紗は、人差し指を自分の顔に向けた。

「佑樹が幼稚園で描いた絵です。幼稚園の先生が誰なのかと訊《き》いたら、デパートで迷子になったときに遊んでくれたお姉ちゃんだと答えたそうです」

洋介は画用紙を広げたまま智紗に差し出した。

「あの日は、私が休日出勤だったために、母が佑樹を連れてデパートに行っていました。母がトイレに行っている間、近くのベンチに座って待っているようにと言ったのに、佑樹は待ち長かったのか、母を探して、どこかに行ってしまったそうです。

迷子になった佑樹は、心細いときに一緒に遊んでくれたあなたのことがよほど好きになったのでしょう。この絵を壁に貼ってほしいと言い出しました。それで、リビングの壁に貼っていたら、毎日、絵に向かって、行ってきます、とか、ただいま、とか、挨拶するようになったんです。私も毎日、佑樹が描いた絵を見ていたものですから、今日は初対面という気がしません」

洋介がまっすぐに智紗を見るので、どうしていいかわからず、手にした絵に視線を落とした。

丸顔でショートカットというだけでなく、一目で智紗だとわかる特徴が描かれている。太くて眉尻が下がっている八の字眉だ。

形を修正するために眉を細くすることに抵抗があるので、整える程度の眉カットしかしていない。

でも、佑樹が描いた智紗の絵は、その八の字眉がかわいかった。

「似顔絵を見た母は、佑樹が迷子になったときに面倒を見てくれた一ノ瀬さんにそっくりだけど、はっきりした住所が聞けなかったと落ち込んでいました。でも、教えてもらった町名が、お茶の先生と一緒だったので、新藤先生に、一ノ瀬智紗さんという女性を知らないかと聞いたそうです。そしたら、お弟子さんの娘さんじゃないかということになって、初釜の写真を見せてもらったそうです」

「そんな偶然が……」

母が新藤先生にお茶を習っていなかったら、こうして出会うことはなかったということか。

「母も私も、佑樹から頻繁に、なぞなぞを出してとせがまれますが、そうじゃない。お姉ちゃんはこうやって形を作ってくれたと、不満のようです」

洋介は、手でフライパンの形を作った。

「私がヒントを出したからですね」

「全部、答えられたと自慢していました。ありがとうございました」

「いえ。短い間、一緒に遊んだだけですから……」

あのときは、しょんぼりしていた佑樹を元気づけようとしただけだった。

似顔絵を描くほど、特別なことだと感じてくれていたとは思いもしなかった。

「佑樹は、絵を見て挨拶しているうちに、大きくなったら、お姉ちゃんと結婚すると言い出したんですよ」

「ええっ？」

智紗は思わず声を上げた。

「佑樹は、私の母と一緒にいることが多いので、友達の母親のような年齢の女性に憧れているのかもしれません。それに、智紗さんは、佑樹が好きな絵本の主人公の女の子に似ているんです」

洋介は、ショートカットで活発な女の子の冒険物語なのだと、絵本の内容を話してくれた。

きっと、主人公は、丸顔で八の字眉の女の子なのだろう。そういえば、デパートで声をかけたとき、佑樹は驚いたような顔をして、じっと智紗の顔を見ていた。あれは、絵本の中の女の子と似ていたからだろうか。

「佑樹が大きくなるまでにお姉さんは誰かと結婚しているよ、と言ったんですよ。そうしたら、じゃあ、ほかの人と結婚しないようにパパが結婚して、と無茶なことを言い出しました。すみません。でも、もし、この話を受けてもらえたら、最初から、僕と佑樹はライバルなんですよ」

洋介は切れ長の目をさらに細めて微笑んだ。

なんて優しい表情をするのだろう。

この人と、幼い佑樹を置いてほかの男性と失踪した母親は、家庭に何を求めていたのだろうか……。

洋介は、智紗が戻した画用紙を大事そうに丸めている。

「お姉ちゃん、大丈夫？」

ミニ電車から降りた佑樹が、心配そうに智紗の顔を覗き込んだ。

たぶん、智紗が困った顔をしていたのだろう。

「今度は一緒に乗ろうか」

智紗は、いろいろな思いを振り払って笑顔を作った。

「うん！　あれがいい」

佑樹が智紗の手をつかんで、ティーカップの形をした乗り物に向かって走り出した。

ぐいぐい引っ張られる。

男の子って、こんなに活発なんだ。きっと、毎日の洗濯物もたくさんあるのだろうな。

ふとそんなことを考えてしまった。

ティーカップには、洋介も一緒に乗った。

佑樹がハンドルを持ち、くるくる回すと、カップも勢いよく回る。

カップのかわいい見かけで油断していたが、かなりのスピードだ。

智紗が声を上げると、佑樹は一層、ハンドルを強く回した。今度は洋介が、「目が回るよ」と音を上げている。

急流すべりや、観覧車、ゴーカートにジェットコースターも一緒に乗った。レジャーランドのマスコットキャラクターと一緒にインスタントカメラで写真を撮ってもらうコーナーでは、キャラクターをはさむようにして、三人で写真に収まった。

遊園地の中にあるレストランで昼食を食べてから、ゴンドラに三人で乗ったとき、

「ぼく、楽しい」と、佑樹が、ほわっとした笑顔で言った。

「パパも楽しいよ」

洋介がうなずいた。

「お姉ちゃんも……」

智紗はそう言いながら泣きそうになった。

母の顔を立てるために会っただけなのに、どうしたらいいのだろう。

夕方までたっぷり遊んだ別れ際、佑樹は、智紗のセーターの裾をつかんだ。

佑樹の癖なのかもしれない。

大切な人がいなくなってしまうのではないかという不安な気持ちがそうさせているのではないだろうか。

「佑樹、お姉さんを困らせちゃだめだぞ」

父親にたしなめられて、佑樹は下を向いて手を離した。

「今日はありがとうございました。佑樹がこんなに笑ったのを久しぶりに見ました」

洋介は、見合いのことは口にしなかった。

「お姉ちゃんに電話する！」

佑樹が言うと、洋介は、わがままを言ってはだめだと、首を横に振った。

「パパとＬＩＮＥの交換をするね。佑樹君と電話もできるものね」

智紗のほうから、ＬＩＮＥのＩＤ交換を申し出てしまった。

洋介のスマホと自分のスマホを重ねるようにして振り、連絡先を交換する。

お互いの家はひと駅離れているだけだが、智紗は、寄りたいところがあると言って、あえて一緒に帰らなかった。ひとりで頭を冷やす時間がほしかった。

「お姉ちゃん、またね！」

佑樹が、駅に向かう交差点で、ちぎれるほど手を振っている。

智紗も、洋介と佑樹を見送りながら、手を振り続けた。

喫茶店で似顔絵のことを考えていると、明日香からLINEが届いた。

――お見合いはどうだった？　電話してもいい？――

智紗は、返事を打たずに喫茶店を出て、明日香に電話をかけた。

見合い相手の子供が、智紗が面倒をみた迷子の男の子だった話をかいつまんですする。

「すごいね。その子、似顔絵を描いて、ちゃんと、智紗にたどり着いたんだね」

明日香は、すごいよ、と何度も繰り返した。

「佑樹君のおばあちゃんから名前を聞かれて名乗っていたんだけど、まさか、その話が、お茶のお稽古の席で出るなんてね……」

「それが、お見合いという話に発展したのが面白いところよね」

明日香が電話の向こうで、「縁があるのかもね」とつぶやいたのが聞こえた。

「佑樹君のおばあちゃんは、佑樹君が私にすごくなついていたから、なんとか息子にも会わせたいと思ったみたい」

「断ることを前提にしないで、少し考えてみたらどうかな。実はね、私も報告することがあるんだ」

明日香の声が明るいと感じていたが、その報告のせいだったのか。

「もしかして、よりが戻ったの？」

別れてから、文也が、明日香の良さに改めて気づく、というのはあると思っていた。

「違うよ。営業部の村田《むらた》君に告白されたんだ」

明日香が言ったのは、入社五年目の男性社員の名前だった。

「彼、八歳くらい年下よね。さすが明日香。ほっといてもらえないね」

「でも、今、付き合ったりしたら、彼は、弱みにつけ込んだと思われるだろうし、私だって、節操がないとか言われるかもしれない」

明日香の声がだんだん小さくなっている。

「誰かに何かを言われるのがいやでやめるなんて、明日香らしくないよ。タイミングが大切だって言ったのは、明日香じゃない」

「うん……。そうだね。お互い、自分の気持ちに正直になろう」

明日香に言われて、智紗は自分の気持ちを整理してみた。

――洋介がいい人だけに断りづらくなっている。佑樹が自分になついているのが嬉しい。いきなり母親になる自信は、やっぱりない。

それが今の自分の正直な気持ちだった。


「どうだった?」

玄関のドアを開けると、待ち構えていたように母が立っていた。

「お母さん、佑樹君がデパートで迷子になってた子だって、知ってて言わなかったでしょう?」

軽く睨《にら》む。

「写真を預かったときは知らなかったのよ。改めて詳しく話を聞いたときに、智紗が前に話していた迷子の子だと気づいたんだけど、先入観なく会ったほうがいいと思ったのよ」

母は肩をすくめた。

やっぱり思った通りだった。

「中村さんがいい人だったから断りづらくなっちゃった。佑樹君もかわいいし。でも母親になる自信なんてないし……」

智紗は、ダイニングテーブルにバッグを置いて、母が煎《い》れてくれたお茶を飲んだ。

「しばらくお付き合いしてみたらいいじゃない。結婚する相手に子供がいるのって、いいものよ」

母はそう言いながら、向かいの椅子に腰を下ろした。

「私は、智紗がいてくれて良かったと、心の底から思っているもの」

母が優しいまなざしでこちらを見ている。

いつもは忘れていることだけど、智紗は父の連れ子で、母とは血が繋《つな》がっていない。

実の母親は、智紗が三歳のときに病気で亡くなり、父は、智紗が五歳のときに、今の母と再婚したのだ。

「私、お母さんのようにできる自信がないもの……」

それが本音だった。

母は、いつだって、紛れもなく智紗の母親だった。

喧嘩《けんか》もしたし、悪いことをしたときはこわいほど叱られた。でも、常に智紗の味方だった。

学校で理不尽な目に遭わされたとき、必死で智紗を守ってくれたのは母だった。

今の母がいなかったら、自分はどうなっていたのだろうか。

「私は若い頃、とてもおとなしくて気が弱かったんだけど、智紗がいたから強くなれたし、智紗のかわいい存在に助けられたと思ってる。もちろん、大変なこともたくさんあったけど、それも、自分が成長できる糧になったと思ってるのよ」

テーブル越しに母の手が伸びて、智紗の手の上に重なった。

「お母さん……」

思いがあふれて、うまく言葉にならなかった。

「はじめて会ったとき、智紗も、私のスカートの裾を持って離さなくてね……。小さな手でぎゅっとにぎりしめている姿を見て、この子の側《そば》にいたいとすごく思ったの」

智紗は、大切な人がいなくなって、迷子になったような不安な気持ちだった。佑樹と同じだ。

子供の頃のことを思い出しながら母の顔を見ていると、バッグの中のスマートフォンが鳴った。

急いで取り出すと、洋介と交換したＬＩＮＥに動画が届いていた。

画面に、佑樹の顔が大写しになっている。

「おねえちゃん、パパと結婚してね。それから僕が大きくなったら、パパと離婚して、僕と結婚してね」

母も横にきて、動画を覗いている。

「智紗、モテモテじゃないの」

冗談っぽく言った母の目が、涙でうるんでいた。

智紗は動画を何度も再生させて、かわいいプロポーズの返事を考えていた。

本作品は書き下ろしです。

実業之日本社文庫 ん81

アンソロジー　初《はつ》恋《こい》

2019年12月15日　初版第1刷発行

著　者　アミの会《かい》（仮《かり》）　大崎《おおさき》 梢《こずえ》　篠田《しのだ》真由美《まゆみ》　柴田《しばた》よしき　永嶋《ながしま》恵美《えみ》
新津《にいつ》きよみ　福田《ふくだ》和代《かずよ》　松村《まつむら》比呂美《ひろみ》　光原《みつはら》百合《ゆり》　矢崎《やざき》存美《ありみ》

発行者　岩野裕一

発行所　株式会社実業之日本社
〒107-0062　東京都港区南青山 5-4-30
CoSTUME NATIONAL Aoyama Complex 2F
電話［編集］03(6809)0473［販売］03(6809)0495
ホームページ　https://www.j-n.co.jp/

印刷所　大日本印刷株式会社

製本所　大日本印刷株式会社

フォーマットデザイン　鈴木正道（Suzuki Design）

ISBN978-4-408-55558-4（第二文芸）